AF211159

Bibliografische Informationen der deutschen
Nationalbibliothek:

Die deutsche Nationalbibliothek verzeichnet diese
Publikation in der deutschen

Nationalbibliografie; detaillierte bibliografische
Daten sind im Internet über

http://dnb.dnb.de abrufbar.

Die automatisierte Analyse des Werkes, um daraus
Informationen, insbesondere über

Muster, Trends, Korrelationen gemäß §44b UrhG
("Text und Data Mining") zu gewinnen, ist

Lektorat: chatgpt

Korrektorat: chatgpt

weitere Mitwirkende: midjourney

Verlag: BoD • Books on Demand GmbH, In de Tarpen 42, 22848 Norderstedt

Druck: Libri Plureos GmbH, Friedensallee 273, 22763 Hamburg

ISBN: 978-3-7597-5911-5

Donja - Sklavin der Liebe

Vampir Roman

Einleitung:

Dr. Johannes Baier, ein angesehener Herzchirurg und

Spezialist für minimal-invasive Eingriffe am offenen Herzen, war nicht leicht zu beeindrucken. Jahrzehntelange Erfahrung in der Kardiologie hatten ihm nicht nur das technische Geschick, sondern auch ein dickes Fell beschert. Doch als er zu einem renommierten Kongress in Berlin eingeladen wurde, ahnte er nicht, dass dieser Besuch sein Leben für immer verändern würde.

Nach einem langen Tag, an dem er über neue Operationsmethoden referiert hatte, fand er sich in der Garderobe des luxuriösen Konferenzzentrums wieder, als er plötzlich auf Donja traf. Sie war keine Wissenschaftlerin oder Kongressteilnehmerin, sondern die junge Frau, die die Mäntel und Jacken der Besucher entgegennahm. Ihr schlichtes Outfit und ihre zurückhaltende Art konnten ihre natürliche Schönheit nicht verbergen.

Als Donja seine Jacke entgegennahm, erblickte er zum ersten Mal ihre großen, braunen Augen, die wie tiefe Seen wirkten. Ihre vollen Lippen zitterten leicht, als ihre Hände sich ganz kurz berührten, und in diesem Moment spürte Dr. Baier etwas, das er lange nicht mehr gefühlt hatte – ein Prickeln, das von seinem Herzen ausging und sich wie eine warme Welle durch seinen Körper ausbreitete. Er, der Mann, der unzählige Herzen geheilt hatte, fühlte, wie sein eigenes plötzlich ins Stolpern geriet.

Donja, eine junge Frau, die aus Rumänien nach Deutschland geflüchtet war, hatte keine Ahnung, wer der Mann war, der ihr seinen Mantel reichte. Aber sie konnte die Spannung zwischen ihnen nicht ignorieren. Seine blauen Augen fixierten sie, als wäre sie die einzige Person im Raum, und sie spürte, wie sich ihre Herzen synchron zu schlagen schienen. Für einen Moment schien die Zeit stillzustehen, und das leise Knistern in der Luft war fast greifbar.

Doch so schnell wie der Moment gekommen war, so schnell riss die Realität sie zurück. Sie war eine Reinigungskraft, eine Fremde in einem Land, das sie kaum kannte, und er war ein angesehener Chirurg, dessen Leben in einer völlig anderen Welt stattfand. Konnte ihre Liebe inmitten dieser Unterschiede bestehen?

Kapitel 1: Unruhige Herzen im Vollmondlicht

Dr. Johannes Baier konnte sich nach dem flüchtigen, aber intensiven Moment mit Donja kaum auf die letzten Stunden des Kongresses konzentrieren. Ihre großen, braunen Augen und die flüchtige Berührung ihrer Hände ließen ihn nicht los. Immer wieder kreisten seine Gedanken um die junge Frau, die so unauffällig und doch so präsent gewesen war. Als der Kongress schließlich zu Ende ging, fasste er einen Entschluss. Er musste Donja wiedersehen.

Als er sich auf den Weg zur Garderobe machte, wo sie ihre Schicht beendet hatte, fühlte er eine seltsame Mischung aus Nervosität und Vorfreude. Dr. Baier, der es gewohnt war, im Operationssaal die Kontrolle zu behalten, fand sich in einem Moment wieder, in dem er nichts vorausplanen konnte.

„Donja," sprach er leise, als er sie erreichte. Sie hob den Kopf, und für einen Moment blitzte das gleiche Knistern in der Luft auf wie zuvor. „Ich wollte mich noch einmal bei Ihnen bedanken. Sie haben mir… den Tag versüßt."

Donja lächelte leicht verlegen und wich seinem Blick aus. Ihre Wangen färbten sich ein zartes Rosa. „Es war nichts… Ich habe nur meinen Job gemacht." Ihre Stimme war leise, fast schüchtern, und doch lag eine Festigkeit darin, die Johannes beeindruckte.

Er räusperte sich. „Ich weiß, es mag ungewöhnlich sein, aber… würden Sie mit mir heute Abend essen gehen?"

Donja zögerte, und für einen kurzen Moment schien es, als ob sie nach den richtigen Worten suchte. Ihr Blick glitt zu Boden, und sie wrang ihre Hände nervös. Schließlich hob sie den Kopf und sah ihm fest in die Augen. „Es tut mir leid, Dr. Baier, aber das kann ich nicht."

Die Enttäuschung traf ihn unerwartet stark. Er hatte nicht mit einer Ablehnung gerechnet. „Ich verstehe," sagte er schließlich, bemüht, die Fassung zu wahren. „Vielleicht ein anderes Mal."

Donja nickte nur und wandte sich ab, bevor sie die letzten Jacken an die Kongressteilnehmer aushändigte. Johannes sah ihr noch einen Moment nach, bevor er seufzte und die Garderobe verließ.

Die Nacht war ungewöhnlich mild für diese Jahreszeit, doch Johannes fand keinen Schlaf. Der Vollmond stand hoch am Himmel, und sein silbriges Licht legte sich wie ein sanfter Schleier über die Stadt. Rastlos entschied er sich für einen Abendspaziergang entlang der Uferpromenade der Spree, in der Hoffnung, dass die frische Luft ihm helfen würde, seine Gedanken zu ordnen.

Mit den Händen in den Taschen seines Mantels und den Schultern leicht nach vorn gebeugt, ließ er die Lichter der Stadt auf sich wirken. Doch die Stille half nicht. In seinem Kopf hallte immer noch der Klang ihrer Stimme nach – sanft, aber fest, als sie seine

Einladung ablehnte.

Plötzlich, wie aus dem Nichts, erblickte er eine vertraute Silhouette. Da, am Rande der Promenade, mit dem Mondlicht, das ihre Gestalt umspielte, stand Donja. Sie schien ebenso überrascht, als sie ihn sah, doch ein Lächeln schlich sich auf ihre Lippen.

„Dr. Baier…" begann sie, als er näher kam, und ihre Stimme klang weicher als zuvor. „Können Sie auch nicht schlafen?"

Er nickte und trat neben sie. „Es scheint, dass diese Stadt heute Abend keinen Schlaf zulässt. Oder vielleicht sind es die Gedanken, die uns wachhalten."

Sie lachte leise, ein warmes, ehrliches Lachen, das ihn unwillkürlich entspannen ließ. „Ja, die Gedanken…" Sie blickte auf das stille Wasser der Spree. „Es ist manchmal schwer, den Kopf auszuschalten."

Ein Moment der Stille trat ein, doch es war keine unangenehme Stille. Im Gegenteil, sie schien sie zu verbinden. Johannes fühlte, wie die Distanz zwischen ihnen zu schwinden begann.

„Vielleicht… sollten wir gemeinsam einen Kaffee trinken?" schlug er vor und deutete auf ein kleines Straßencafé in der Nähe, das auch zu später Stunde noch geöffnet hatte. „Es ist nicht weit. Außerdem gibt es dort eine kleine Ausstellung eines französischen Malers. Er kopiert impressionistische Werke. Nichts Großes, aber die Atmosphäre ist ganz angenehm."

Donja zögerte einen Augenblick, sah dann aber in seine blauen Augen, in denen sich der Mond spiegelte, und nickte schließlich. „Das klingt schön."

Gemeinsam schlenderten sie zum Café an der Ecke. Es war ein unscheinbarer Ort, aber gemütlich, mit warmen Lichtern, die die Wände sanft beleuchteten, und kleinen Tischen, die zur Intimität einluden.

Drinnen herrschte eine fast magische Atmosphäre.
An den Wänden hingen Reproduktionen berühmter
impressionistischer Gemälde – Monets „Seerosen",
Degas' „Tänzerinnen" und Renoirs „Frühstück der
Ruderer". Die Werke waren nicht original, aber sie
fingen den Charme des französischen
Impressionismus perfekt ein.

Sie setzten sich an einen Tisch am Fenster, und der
Duft von frisch gebrühtem Kaffee erfüllte die Luft.
Johannes beobachtete Donja, wie sie die Bilder an
den Wänden betrachtete, und fragte sich, was in ihr
vorging.

„Mögen Sie Kunst?" fragte er schließlich.

Sie nickte und nahm einen Schluck von ihrem Kaffee.
„Ich habe mich früher viel mit Kunst beschäftigt, als
ich noch in Rumänien war. Doch seit ich hier bin...
habe ich nicht mehr viel Zeit dafür."

Johannes lehnte sich zurück und sah sie aufmerksam

an. „Erzählen Sie mir mehr von sich. Ich würde gerne wissen, was Sie hierhergeführt hat."

Donja schaute aus dem Fenster, als ob sie die richtigen Worte suchte. „Ich bin vor ein paar Jahren nach Deutschland gekommen, um ein neues Leben zu beginnen. In Rumänien war es… schwierig. Die Zukunft, die ich mir dort erträumt habe, war einfach nicht möglich. Also bin ich geflohen, in der Hoffnung, hier etwas Neues aufzubauen."

„Das klingt… mutig," sagte Johannes leise. „Aber auch einsam."

„Ja, manchmal ist es das," antwortete sie, und ein trauriges Lächeln huschte über ihr Gesicht. „Aber ich habe gelernt, damit umzugehen."

Johannes sah sie nachdenklich an. Er spürte, dass hinter ihrer Fassade viel mehr steckte, als sie preisgab. Doch an diesem Abend wollte er sie nicht drängen. Er war einfach nur froh, dass sie hier mit ihm saß, dass sie diese zufällige Begegnung im Mondlicht geteilt hatten.

Und während sie sich weiter unterhielten, merkte Johannes, dass Donja ihm mehr bedeutete, als er es zu Beginn geglaubt hatte.

Kapitel 2: Ein unerwartetes Geheimnis

Das kleine Café, in dem Johannes und Donja saßen, war inzwischen fast leer. Die letzten Gäste hatten ihre Gespräche beendet, und die Stille wurde nur durch das sanfte Klingen von Geschirr unterbrochen, das der Kellner wegräumte. Die Reproduktionen der impressionistischen Meisterwerke an den Wänden schienen im schummrigen Licht zu schweben, während draußen die Nacht ihren stillen Schleier über die Stadt gelegt hatte.

Johannes lehnte sich zurück, seine Augen ruhten auf Donja, die ihn mit einer Mischung aus Zurückhaltung und Neugier ansah. Ihre Anwesenheit hatte etwas Geheimnisvolles, das ihn mehr und mehr in ihren Bann zog. Er fühlte sich wie ein Teenager, der das erste Mal verliebt war – unsicher, voller Erwartungen und fasziniert von jedem Wort, das sie sprach.

Als das Gespräch zur Neige ging, fasste er all seinen Mut zusammen. „Möchten wir uns morgen zum Frühstück treffen?" fragte er, seine Stimme sanft, fast einladend.

Donja, die bis dahin entspannt gewirkt hatte, stockte für einen Moment. Ihre braunen Augen verengten sich leicht, als ob sie über etwas nachdachte, bevor sie sanft den Kopf schüttelte. „Ich danke Ihnen, Johannes. Aber ich denke, Frühstück wäre… nicht das Richtige für mich."

Johannes hob eine Augenbraue, verwirrt, aber nicht entmutigt. „Nicht das Richtige?"

Ein leichtes Lächeln huschte über ihre Lippen. „Ich meine, ich würde Sie gerne wiedersehen, aber… vielleicht eher am Abend. Der Tag ist für mich oft hektisch, und abends habe ich mehr Ruhe." Ihre

Augen glitzerten im Kerzenschein, und Johannes hatte das Gefühl, dass hinter ihrer Antwort mehr steckte als bloße Müdigkeit.

„Dann treffen wir uns morgen Abend," sagte Johannes ohne Zögern. Die Vorstellung, mehr Zeit mit ihr zu verbringen, ließ seine Enttäuschung über das Frühstück schnell verfliegen. „Vielleicht ein Spaziergang im Park? Er ist ganz in der Nähe."

Donja nickte und lächelte sanft, aber es war ein Lächeln, das in ihm ein unerklärliches Gefühl der Sehnsucht weckte. „Ja, ein Spaziergang klingt schön."

Sie nahm einen letzten Schluck ihres Kaffees, dann erhob sie sich. Johannes folgte ihrem Beispiel und schob seinen Stuhl zurück. Er spürte, dass der Abend zu Ende ging, doch er wollte nicht, dass sie einfach so auseinander gingen. Er wollte mehr wissen, mehr von ihr sehen, mehr von dieser rätselhaften Frau in sein Leben lassen.

„Danke für den schönen Abend," sagte sie leise, ihre Stimme sanft wie ein Flüstern im Wind. Sie trat einen Schritt zurück und griff nach ihrer Tasche.

„Ich danke Ihnen," erwiderte Johannes, während er den Mantel über seine Schulter legte. Doch bevor er mehr sagen konnte, drehte sich Donja um. In diesem Moment fiel das Licht der nahen Straßenlaterne auf ihr Gesicht, und Johannes bemerkte etwas, das ihn kurz irritierte: Ihre Zähne. Sie waren strahlend weiß, doch es waren nicht nur ihre Zähne, die ihn innehalten ließen. Es waren ihre Eckzähne, die ungewöhnlich lang und spitz wirkten.

Er blinzelte und schob den Gedanken beiseite, überzeugt davon, dass es eine optische Täuschung sein musste. Er war müde und vielleicht überanstrengte er sich einfach. Donja hatte ihn zu sehr in den Bann gezogen, und jetzt begannen seine Augen, ihm Streiche zu spielen.

Mit einem letzten sanften Lächeln, das ihre schmalen Lippen umspielte, verabschiedete sich Donja. „Gute

Nacht, Johannes. Wir sehen uns morgen Abend."

Dann, mit einer geschmeidigen Bewegung, drehte sie sich um und verschwand in die kleine Gasse, die zur alten Oper führte. Johannes blieb stehen und sah ihr nach. Die Straßenlaternen tauchten die Gasse in ein weiches, goldenes Licht, und gerade als Donja hinter einer Ecke verschwand, flog eine kleine Fledermaus über das Kopfsteinpflaster hinweg und in Richtung des eleganten Kuppeldachs der Oper. Das Dach war dezent beleuchtet und schimmerte wie eine alte Erinnerung, die in der Nacht aufblitzte.

Johannes schüttelte leicht den Kopf und lächelte. Seine Müdigkeit setzte nun spürbar ein, aber gleichzeitig fühlte er sich von einer seltsamen Energie erfüllt, die ihm den ganzen Abend bereits durch den Körper strömte. Er war sich nicht sicher, was genau es war – die Aufregung, jemanden wie Donja kennengelernt zu haben, oder die schattenhafte Mystik, die sie umgab.

Mit diesem Gedanken machte er sich auf den Weg

zurück zu seinem Hotel. Die Luft war kühl und frisch,
und er atmete tief ein, während seine Schritte auf
den stillen Straßen widerhallten. Während er ging,
ließ er den Abend noch einmal Revue passieren.
Jedes Lächeln, jedes Wort und vor allem der
Moment, als sie ihm ihre spitzen Zähne gezeigt hatte,
waren tief in seinem Gedächtnis verankert.

Er erreichte das Hotel, stieg die breite
Marmortreppe hinauf und öffnete die schwere
Eingangstür. Das Foyer war leer, und das leise
Summen der Rezeptionisten, die vor sich hin
arbeiteten, verlieh der Atmosphäre eine ruhige
Schwere.

Im Aufzug lehnte sich Johannes gegen die Wand und
schloss für einen Moment die Augen. Ein Lächeln
umspielte seine Lippen, als er an Donja dachte – an
ihre zarten Gesten, ihre schüchternen Blicke und ihre
Zurückhaltung, die gleichzeitig so viel Spannung in
der Luft hinterließ.

Als er schließlich sein Hotelzimmer erreichte, legte er

seinen Mantel ab und ließ sich müde auf das weiche Bett sinken. Die Erschöpfung holte ihn nun endgültig ein, doch das Lächeln blieb auf seinen Lippen. Irgendetwas an diesem Abend war anders gewesen. Irgendetwas an Donja hatte sein Herz zum Stolpern gebracht – und nicht nur auf die gewöhnliche Art.

Mit einem letzten Gedanken an ihren bevorstehenden Spaziergang im Park schloss Johannes die Augen und gab sich der Müdigkeit hin. Doch tief in seinem Inneren wusste er, dass dieser Abend der Beginn von etwas viel Größerem war, etwas, das er noch nicht ganz greifen konnte.

Kapitel 3: Ein beunruhigender Morgen

Der Morgen dämmerte mit einem sanften Licht über Berlin, als Johannes Baier im Hotelrestaurant Platz nahm. Vor ihm auf dem Tisch dampfte der Kaffee in einer schlichten weißen Tasse, und ein Teller mit Brötchen, Marmelade und etwas Obst stand daneben. Doch seine Gedanken waren noch in der Nacht verhaftet, bei Donja und dem unerwartet magischen Abend, den sie miteinander geteilt hatten.

Er griff zur Zeitung, die ihm der Kellner gereicht
hatte, und blätterte zuerst durch den Sportteil, wie
er es gewohnt war. Seine Augen überflogen die
üblichen Schlagzeilen über die Bundesliga und
internationale Fußballspiele, doch nichts davon hielt
seine Aufmerksamkeit länger als einen Moment. Es
war, als ob seine Gedanken immer wieder zu Donja
zurückkehrten. Der bevorstehende
Abendspaziergang ließ sein Herz schneller schlagen,
und er war entschlossen, keinen Fehler zu machen.

Als er die Sportseite hinter sich ließ, kam er zu den
aktuellen Nachrichten. Eine Schlagzeile sprang ihm
ins Auge: **„Schwerverletzter Obdachloser im Park
gefunden – merkwürdige Umstände werfen Fragen
auf."** Johannes runzelte die Stirn und begann, den
Artikel zu lesen.

In der vergangenen Nacht hatte es im Park, in dem er
heute Abend Donja treffen wollte, einen Vorfall
gegeben. Ein Obdachloser war schwer verletzt

aufgefunden worden, anscheinend bewusstlos und stark blutend. Die Rettungskräfte hatten den Mann ins Krankenhaus gebracht, wo er sofort operiert wurde. Das Merkwürdige daran: Der Mann hatte eine erhebliche Menge Blut verloren, doch keine sichtbaren äußeren Verletzungen, die dies erklärt hätten.

Der Artikel beschrieb weiter, dass der Mann, als er nach der Operation wieder zu Bewusstsein kam, unaufhörlich wirres Zeug redete. Er sprach von „den Töchtern der Nacht", die ihn in den Park gelockt und ausgesaugt hätten. Niemand schenkte diesen Worten große Beachtung, vor allem nicht, als festgestellt wurde, dass sein Atem stark nach billigem Gin roch. Die Ärzte und die Polizei waren sich schnell einig, dass es sich um die Wahnvorstellungen eines verwirrten und alkoholisierten Mannes handeln musste. Aber die seltsame Beschreibung blieb Johannes im Kopf hängen.

„Armer Kerl," dachte er, als er die Zeitung zur Seite legte und einen Schluck Kaffee nahm. „Man müsste mehr für diese Menschen tun in unserem Land. Es ist tragisch, wie wenig Beachtung sie finden, bis es fast zu spät ist."

Sein Blick wanderte zum Fenster, wo die Sonnenstrahlen sich allmählich über die Dächer der Stadt ausbreiteten. Doch das Bild des verletzten Obdachlosen ließ ihn nicht ganz los. Er dachte an den Park, an die Fledermaus, die in der letzten Nacht über Donja hinweggeflogen war, und an das merkwürdige Detail ihrer Zähne. Er schüttelte den Kopf. Es war lächerlich, sich darüber Gedanken zu machen. Was hatte eine Fledermaus oder ihre Zähne mit den wirren Erzählungen eines Betrunkenen zu tun?

Johannes seufzte und zwang sich, seine Gedanken auf den heutigen Abend zu konzentrieren. Er wollte nicht, dass seine Unsicherheiten oder die seltsamen Vorfälle ihm den Tag vermiesten. Schließlich war heute sein erstes „offizielles" Date mit Donja, und er wollte es perfekt machen. Ein Lächeln huschte über seine Lippen, als er daran dachte, sie wiederzusehen – ihr geheimnisvolles Lächeln, ihre sanfte Stimme.

Er ließ die Zeitung liegen, stand auf und zog sein Handy hervor. Er musste noch einige Telefonate erledigen, bevor er sich auf den Weg in die Stadt machte. Die Arbeit war nie weit entfernt, selbst wenn er versuchte, eine Auszeit zu nehmen. Es dauerte fast eine Stunde, bis er alle Anrufe beendet hatte und seine To-do-Liste für den Tag abgehakt war.

Johannes zog sich seine Jacke an und verließ das Hotel. Die Straßen von Berlin waren belebt, aber die herbstliche Kühle hielt die meisten Menschen in Bewegung. Er schlenderte die belebten Einkaufsstraßen entlang, die Schaufenster zogen an ihm vorbei, doch sein Ziel war klar. Er wollte Donja ein kleines Geschenk kaufen, etwas, das ihre Schönheit und ihren geheimnisvollen Charakter widerspiegelte. Gleichzeitig brauchte er für sich selbst ein neues Outfit – etwas Elegantes, aber nicht zu aufdringlich. Es sollte den richtigen Eindruck hinterlassen.

Er betrat eine kleine Boutique, deren Schaufenster

mit edler, zurückhaltender Kleidung bestückt war. Während er durch die Regale ging, fielen ihm mehrere Dinge ins Auge, doch er entschied sich schließlich für ein dunkelblaues Hemd und eine gut geschnittene Hose. Es war ein klassischer, schlichter Look, der ihn nicht übertrieben wirken ließ, aber dennoch gut gekleidet. Zufrieden mit seiner Wahl ging er zur Kasse.

Doch das Geschenk für Donja bereitete ihm mehr Kopfzerbrechen. Was schenkt man einer Frau, die so unergründlich und faszinierend ist wie sie? Schmuck schien ihm zu offensichtlich, zu klischeehaft. Er wollte etwas, das ihr zeigte, dass er ihr zugehört hatte, dass er ihre Geschichte respektierte.

Während er durch die Straßen lief, sah er einen kleinen Antiquitätenladen, der in einer Seitenstraße versteckt lag. Die Auslage war übersät mit alten Büchern, feinen Kunstobjekten und winzigen Schmuckstücken, die Geschichten aus längst vergangenen Zeiten zu erzählen schienen. Etwas zog ihn in den Laden, und als er eintrat, umfing ihn der Geruch von altem Papier und poliertem Holz.

Ein kleines Amulett aus Silber, das dezent in einer Vitrine ausgestellt war, weckte seine Aufmerksamkeit. Es war ein filigranes Stück, schlicht, aber mit einem Hauch von Mystik – genau wie Donja. Das Amulett hatte eine einfache Form, die an den Mond erinnerte, und war mit einem dunkelblauen Edelstein besetzt, der im Licht schimmerte.

„Das ist ein altes Stück," erklärte die Ladenbesitzerin mit einem freundlichen Lächeln, als Johannes es in die Hand nahm. „Es stammt aus Osteuropa, wahrscheinlich Rumänien, und soll Glück bringen."

„Perfekt," murmelte Johannes, als er das Schmuckstück betrachtete. Es fühlte sich richtig an, als ob es für sie bestimmt wäre. „Ich nehme es."

Mit dem Amulett in der Tasche und seinem neuen Outfit in der Hand machte sich Johannes auf den Rückweg zum Hotel. Die Stadt summte um ihn herum, doch in seinem Inneren war eine Vorfreude,

die alles übertönte. Heute Abend würde er Donja
wiedersehen. Der Park, der Vorfall mit dem
Obdachlosen, die Fledermaus – all das verblasste
hinter der Tatsache, dass er diesen Moment mit ihr
teilen würde.

Als er in seinem Hotelzimmer ankam und das
Amulett aus der Tasche zog, hielt er es für einen
Moment in der Hand. Der blaue Stein glitzerte im
sanften Licht des Zimmers, und Johannes konnte
nicht anders, als sich zu fragen, welche Geheimnisse
Donja wirklich verbarg.

Doch egal, was kommen mochte, er freute sich auf
diesen Abend und die Möglichkeit, sie besser
kennenzulernen.

Kapitel 4: Erwachen der Dunkelheit

Tief in den Karpaten, in einem alten Herrenhaus, das
seit Jahrhunderten im Nebel verborgen lag, regte
sich etwas in den Schatten. Das alte Anwesen,
umgeben von dichten Wäldern und kalter Bergluft,
war der Sitz einer der ältesten Vampirfamilien

Europas – der Familie **Donja des Dracheneis von Romania**. In den verfallenen Mauern und den endlosen Korridoren, die vom Prunk längst vergangener Zeiten erzählten, gab es keine sterblichen Bewohner, nur das Flüstern der Vergangenheit und das Raunen von uralter Macht.

In der tiefsten Kammer, verborgen hinter meterdicken Mauern und verschlossenen Türen, lag der Sarkophag von **Vlad Donja**, einem Vampir in den besten Jahren seiner Unsterblichkeit. Seine Familie war nicht nur von uraltem Adel, sondern auch unermesslich reich – Reichtum, den sie über Jahrhunderte hinweg angehäuft hatten, durch Geschäfte, die über die Grenzen der Menschenwelt hinausgingen. Die Donjas waren nicht nur eine der mächtigsten Vampirfamilien, sondern auch eine der gefürchtetsten.

Doch nun war Vlad nicht bei bester Laune. Ganz im Gegenteil.

Mit einem tiefen Grollen öffnete er die Augen und

richtete sich langsam in seinem steinernen Sarg auf. Seine scharfen Sinne hatten das Flüstern seines treuen Dieners gehört, der ihn geweckt hatte – eine Aufgabe, die nicht ohne Grund geschehen durfte. Er wusste, dass etwas passiert war. Etwas, das seine Ruhe gestört hatte.

Seine dunklen Augen blitzten auf, als der Diener sich ehrfürchtig näherte. Der alte Mann, gebeugt unter der Last seiner sterblichen Jahre, kniete demütig vor seinem Meister und wagte es kaum, den Blick zu heben.

„Sprich, Gheorghe," befahl Vlad, seine Stimme tief und vibrierend, als ob sie aus den Tiefen der Erde selbst kam.

Gheorghe zitterte leicht, als er sprach. „Herr, es gibt Neuigkeiten... von Eurer Tochter. Sie ist... nach Berlin gereist."

Ein unheilvolles Schweigen erfüllte den Raum. Vlad

Donja verharrte einen Moment, ehe er sich langsam aus dem Sarg erhob. Mit einer einzigen, geschmeidigen Bewegung stand er vor Gheorghe, dessen zitternde Gestalt noch kleiner und gebrechlicher wirkte vor der imposanten Präsenz des Vampirs.

„Meine Tochter? In Berlin?" Vlad's Stimme war leise, doch die Bedrohung lag darin wie ein scharfes Messer. „Und sie hat mich nicht gefragt?"

Gheorghe schluckte schwer und wagte es endlich, aufzusehen. „Ja, Herr. Es tut mir leid. Sie... arbeitet dort. Wie... eine normale Sterbliche."

Für einen Moment war das einzige Geräusch im Raum das knisternde Feuer im Kamin. Vlad stand reglos da, doch sein Inneres brodelte vor Zorn. Seine Tochter, die Erbin einer der mächtigsten Vampirfamilien, war in eine sterbliche Stadt gegangen und lebte dort wie ein gewöhnlicher Mensch? Und noch dazu ohne seine Erlaubnis?

„Wie eine Sterbliche?" Vlad wiederholte die Worte langsam, als könnte er sie kaum glauben. Seine Hände ballten sich zu Fäusten. „Sie ist eine Donja! Eine Tochter des Dracheneis! Keine gewöhnliche Sterbliche, die arbeitet, um zu überleben!"

Gheorghe, dem das Zittern kaum noch unter Kontrolle zu bringen war, nickte hastig. „Ja, Herr, aber... sie scheint dort mit Menschen zu verkehren und... als Reinigungskraft zu arbeiten. Es gibt Gerüchte, dass sie sich mit einem... Sterblichen getroffen hat."

In Vlad's Augen flammte Wut auf. Seine Tochter, die für Jahrhunderte als seine unantastbare Erbin gegolten hatte, wagte es, sich mit einem Sterblichen einzulassen? Das Blut der Donjas war rein, uralt und stark. Es vermischte sich nicht mit dem der schwachen, kurzlebigen Menschen. Vlad konnte es nicht zulassen, dass die Linie seines Blutes durch solch einen Fehler beschmutzt wurde.

Er atmete tief ein, und die kalte Luft der unterirdischen Kammer schien sich mit seiner Energie zu füllen. „Das ist inakzeptabel," murmelte er schließlich. „Sie hat sich entschieden, ein Leben zu führen, das ihrer nicht würdig ist. Und das wird enden."

Er drehte sich von Gheorghe weg und ging zu einem großen, verzierten Spiegel, der an der Wand hing. Sein eigenes Spiegelbild erschien nicht – ein Umstand, der ihn schon lange nicht mehr störte. Stattdessen sah er die Reflexion der Schatten, die sich hinter ihm sammelten, wie Geister, die auf seinen Befehl warteten.

„Wir werden nach Berlin reisen," sagte er mit eisiger Entschlossenheit. „Ich werde meine Tochter zurückholen – ob sie es will oder nicht."

Gheorghe nickte hastig und erhob sich, um die notwendigen Vorbereitungen zu treffen. Er wusste, dass sein Herr keinen Widerspruch duldete. Vlad Donja war nicht nur ein Vampir – er war eine

Legende, ein Herrscher über Leben und Tod.
Niemand stellte sich ihm in den Weg, und keiner, der
es wagte, entkam seinem Zorn.

Als Gheorghe sich entfernte, um die Kutsche
vorzubereiten, blieb Vlad vor dem Spiegel stehen
und dachte an Donja. Seine Tochter war immer eine
Freigeistin gewesen, stark und unabhängig. Doch
das, was sie jetzt tat, war Verrat an ihrer Blutlinie. Er
war fest entschlossen, sie aus dieser selbst
gewählten Gefangenschaft zu befreien – und wenn
es bedeutete, dass er die sterbliche Stadt Berlin
selbst heimsuchen musste.

Sein Blick wanderte zum Fenster, hinter dem die
Berge im Nebel versanken. Irgendwo dort draußen,
unter der gleichen kalten Nachtluft, war seine
Tochter. Und sie würde bald verstehen, dass man
sich nicht gegen das Schicksal der Donjas stellte.

Während Vlad Donja seine Pläne schmiedete, wusste Johannes in Berlin nichts von der Gefahr, die ihm bevorstand. Er hatte keine Ahnung, dass die Frau, die ihm so den Kopf verdreht hatte, ein Geheimnis trug, das tiefer und dunkler war, als er es sich je hätte vorstellen können. Für ihn war Donja eine faszinierende, geheimnisvolle Frau – aber für Vlad war sie seine Tochter, und niemand – schon gar kein Sterblicher – würde zwischen ihnen stehen.

Die Nacht legte sich wieder über die Karpaten, und die alte Macht der Donjas erwachte erneut.

Kapitel 5: Ein Geschenk des Schicksals

Johannes saß am späten Nachmittag in seinem Hotelzimmer, das Amulett in der Hand, und betrachtete den schimmernden, dunkelblauen Stein, der das silberne Schmuckstück zierte. Die feinen Gravuren auf dem Silber wirkten wie uralte Schriftzeichen, die von einer längst vergessenen Zivilisation stammten. Er hatte keine Ahnung, welche Geschichte hinter diesem Amulett steckte – er wusste nur, dass es perfekt für Donja war. Es war nicht nur schön, sondern auch geheimnisvoll, genauso wie die Frau, die sein Herz in den letzten Tagen erobert hatte.

Er drehte das Amulett in den Händen, während er gedankenverloren aus dem Fenster blickte. Der bevorstehende Abend füllte ihn mit Vorfreude, aber auch mit einer seltsamen Nervosität. Er konnte nicht sagen, warum – vielleicht, weil er das Gefühl hatte, dass dies mehr als nur ein Date war. Es fühlte sich an, als stünde er an einem Wendepunkt, als könnte dieser Abend etwas in seinem Leben verändern.

Was Johannes nicht wusste, war, dass dieses Amulett, das er als Geschenk für Donja ausgesucht hatte, weit mehr war als ein schönes Schmuckstück. Es war das **Amulett der Drachenkönigin**, ein Artefakt von ungeheurer Macht, geschaffen vor Jahrhunderten, um Vampire zu vernichten. Die Legende besagte, dass das Amulett von einer Königin der Drachen geschmiedet wurde, einer mystischen Kreatur, die einst gegen die Vampire kämpfte. Allein der Anblick des Amuletts reichte aus, um jeden Vampir, der es erblickte, zu Staub zu verwandeln. Es war die einzige Waffe, die Vampire töten konnte, ohne sie zu berühren.

Johannes war sich dieser Geschichte nicht bewusst. Für ihn war das Amulett nichts weiter als ein hübsches Schmuckstück, das perfekt zu Donjas mysteriösem Charakter passte. Er hatte keine Ahnung, dass er ihr mit diesem Geschenk unwissentlich das Todesurteil überreichen würde.

Währenddessen, tief in den Karpaten, bereitete sich Vlad Donja, der wütende Vampirfürst und Donjas Vater, darauf vor, nach Berlin zu reisen. Seine Wut hatte sich nicht gelegt – im Gegenteil, sie war intensiver geworden, je mehr er über den Verrat seiner Tochter nachdachte. Sie, die Erbin seines mächtigen Blutes, wagte es, unter den Sterblichen zu leben, zu arbeiten und sogar mit einem von ihnen zu verkehren. Es war ein Schlag ins Gesicht seiner Familie, seiner Linie.

„Ich werde sie zurückholen," murmelte er, während er in seinem alten Anwesen stand und die Vorbereitungen für die Reise beaufsichtigte. Seine scharfen Zähne blitzten im Halbdunkel auf, und seine Augen funkelten vor Zorn. „Und sollte dieser Sterbliche sich zwischen uns stellen, werde ich ihn vernichten."

Doch es gab etwas, das Vlad nicht wusste. Etwas, das er in seiner Wut übersehen hatte: Seine Tochter war nicht mehr sicher. Sie war in Gefahr – nicht durch einen Vampirjäger oder ein menschliches Schwert, sondern durch ein uraltes Relikt, das sie nicht kommen sehen würde. Das Amulett der Drachenkönigin, das einst gegen seine Vorfahren eingesetzt worden war, war nun in den Händen von Johannes. Und Vlad wusste nicht, dass sein schlimmster Feind nicht aus seiner eigenen Welt stammte, sondern in der Tasche eines ahnungslosen Sterblichen lag.

In Berlin war Johannes unterdessen dabei, sich für den Abend fertig zu machen. Er betrachtete sich im Spiegel, zog sein neues, dunkelblaues Hemd an und strich sich durch das Haar. Er fühlte sich gut. Das Amulett, das er sorgfältig in ein kleines Samtbeutelchen gelegt hatte, wartete auf seinem Nachttisch. Er konnte kaum erwarten, es Donja zu schenken – es war ein Zeichen dafür, dass er sie ernst nahm, dass er sich mehr mit ihr vorstellen konnte als nur ein flüchtiges Abenteuer.

Die Sonne begann zu sinken, und das Abendlicht hüllte die Stadt in ein warmes, goldenes Leuchten. Johannes verließ das Hotel und machte sich auf den Weg zum Park, in dem er Donja treffen wollte. Er hatte alles vorbereitet – den perfekten Ort, das perfekte Geschenk. Heute Abend würde er ihr zeigen, dass er bereit war, sie wirklich kennenzulernen.

Während Johannes durch die Stadt lief, begab sich

Donja ebenfalls zum Park. Ihre Gedanken waren durcheinander. Sie wusste, dass es gefährlich war, sich weiter auf Johannes einzulassen. Er war ein Mensch, und sie... sie war etwas ganz anderes. Ihre Natur war dunkel, uralt, und sie wusste, dass es für sie keine Zukunft in der Welt der Sterblichen geben konnte. Und doch hatte Johannes etwas an sich – etwas, das sie nicht loslassen konnte. Er war anders als die Männer, die sie in den vergangenen Jahrhunderten kennengelernt hatte. Er war sanft, aufmerksam, und doch verspürte sie eine unerklärliche Anziehung zu ihm, die sie beunruhigte.

Als sie in den Park eintrat, ließ der Vollmond sein Licht auf den Pfad fallen, und die Schatten der Bäume schienen sich zu bewegen, als würden sie ein uraltes Geheimnis flüstern. Sie zog ihren Mantel enger um sich, während sie auf Johannes wartete. In ihrem Inneren kämpften zwei Welten gegeneinander – ihre vampirische Natur, die sie davor warnte, sich zu sehr auf einen Sterblichen einzulassen, und ihre menschlichen Gefühle, die stärker wurden, je mehr Zeit sie mit ihm verbrachte.

Johannes erreichte den Park und sah Donja bereits
auf einer Bank sitzen, ihre schlanke Gestalt in das
silberne Licht des Mondes gehüllt. Sein Herz schlug
schneller, als er auf sie zuging, und das Amulett, das
er in der Tasche trug, fühlte sich plötzlich schwerer
an. Er hatte keine Ahnung, welche verborgenen
Kräfte dieses kleine Schmuckstück in sich trug – oder
was es für Donja bedeutete.

„Donja," sagte er leise, als er sie erreichte. Sie sah
auf, und ihre Augen strahlten im Mondlicht. Für
einen Moment schien die Welt stillzustehen, und
alles, was existierte, waren sie beide.

„Johannes," flüsterte sie, ein sanftes Lächeln auf
ihren Lippen. Doch tief in ihrem Inneren spürte sie
die Spannung, die sich zwischen ihnen aufgebaut
hatte – eine Spannung, die nicht nur von ihrer
verbotenen Liebe herrührte, sondern von etwas viel
Tieferem, Dunklerem.

„Ich habe dir etwas mitgebracht," sagte Johannes und griff in seine Tasche, um das Amulett herauszuholen. „Ich weiß, es ist vielleicht etwas unkonventionell, aber… ich dachte, es würde dir gefallen."

Er öffnete das Samtbeutelchen und hielt das Amulett der Drachenkönigin in seiner Hand. Der silberne Anhänger funkelte im Mondlicht, und der blaue Stein schimmerte wie ein Stern, der aus den Tiefen des Himmels gefallen war.

Donja sah das Amulett an, und in dem Moment, in dem ihre Augen es erfassten, spürte sie eine plötzliche Kälte, die ihr durch den Körper fuhr. Ihr Atem stockte, und für einen Moment schien es, als würde die Welt um sie herum in sich zusammenbrechen.

„Was… ist das?" flüsterte sie, während ihre Augen sich weiteten.

Johannes, völlig ahnungslos, lächelte. „Es ist ein altes Amulett. Es stammt aus deiner Heimat, Rumänien. Ich dachte, es würde dir gefallen."

Doch Donja konnte ihre Augen nicht von dem Amulett abwenden. Ihr Herz raste, und sie fühlte, wie die Dunkelheit in ihr aufschrie. Das war nicht irgendein Schmuckstück – das war das Amulett der Drachenkönigin. Die einzige Waffe, die in der Lage war, einen Vampir ohne Berührung zu töten.

In diesem Moment begriff sie, dass Johannes, so unschuldig er auch sein mochte, unwissentlich die Macht in den Händen hielt, ihr Leben zu beenden.

Kapitel 6: Geheimnisse im Mondlicht

Donjas Herz raste. Vor ihr hielt Johannes das Amulett der Drachenkönigin in seiner Hand, nichts ahnend von der uralten Macht, die es in sich trug. Sie spürte die unsichtbare Energie, die von dem Schmuckstück ausging, wie ein Kribbeln in der Luft. Das Amulett,

das über Jahrhunderte hinweg Vampire wie sie
vernichtet hatte, lag nun vor ihr, doch sie lebte.
Warum?

Sie hätte in diesem Moment sterben müssen – zu
Staub zerfallen, als der silberne Anhänger das
Mondlicht reflektierte. Aber nichts passierte. Donja
starrte auf das Amulett, und ihr Verstand arbeitete
fieberhaft. Konnte es sein, dass das Amulett seine
Macht über die Jahrhunderte verloren hatte? Oder
war es etwas anderes? Etwas, das tiefer in ihr lag?

Donja hatte in all den Jahrhunderten gelernt, dass
Vampire keine Gefühle haben sollten, zumindest
nicht gegenüber Sterblichen. Aber Johannes war
anders. Mit ihm fühlte sie sich lebendig – ein Gefühl,
das sie längst verloren glaubte. Vielleicht, nur
vielleicht, war es dieser Funke von Menschlichkeit,
der sie am Leben hielt. Sie hatte keine bösen
Absichten gegenüber Johannes. In seiner Gegenwart
fühlte sie sich sicher, als wäre er ein Teil von ihr, den
sie nie gekannt hatte, und der Gedanke, dass sie mit
ihm vielleicht ein normales Leben führen könnte,
schlich sich in ihr Herz.

Familie. Das war etwas, wovon sie immer geträumt hatte, auch wenn sie wusste, dass Vampire keine Kinder bekommen können. Sie waren, so schien es, dazu verdammt, alleine zu wandeln, lebend, aber doch tot. Doch in diesem Moment, als Johannes ihr das Amulett stolz überreichte, schien alles möglich. Ein Leben mit ihm. Ein Leben, in dem sie vielleicht für einen Augenblick vergessen könnte, was sie wirklich war.

Aber sie musste vorsichtig sein. Johannes durfte nichts von ihrer wahren Natur erfahren. Das Amulett in seiner Hand war gefährlich, und wenn er auch nur den kleinsten Verdacht schöpfte, könnte alles enden, bevor es überhaupt richtig begann.

Sie schluckte schwer und drehte sich schnell von ihm weg, sodass sie das Amulett nicht länger sehen musste. „Johannes," begann sie, ihre Stimme sanft, aber entschlossen, „das ist ein wunderschönes Geschenk. Aber ich kann es leider nicht annehmen."

Verwirrung blitzte in seinen Augen auf. „Warum nicht?" fragte er und hielt das Amulett immer noch in der Hand, als würde er versuchen, ihren Blick damit einzufangen.

„Ich habe... eine starke Allergie gegen Silber," erklärte sie hastig und zwang sich, ruhig zu bleiben. „Es verursacht bei mir schreckliche Reaktionen. Ich hoffe, du verstehst das."

Johannes runzelte die Stirn, schien aber sofort zu akzeptieren, was sie sagte. „Oh, das tut mir leid. Das wusste ich nicht." Er sah das Amulett an, sichtlich enttäuscht, doch er nickte verständnisvoll. „Natürlich, das ist kein Problem." Vorsichtig legte er das Amulett zurück in den kleinen Samtbeutel und verstaute es in seiner Jackentasche. „Ich wollte dir nur eine Freude machen."

Donja atmete erleichtert auf, als das Amulett verschwand. „Das hast du auch," sagte sie leise. „Die Geste allein bedeutet mir sehr viel."

Johannes lächelte, und für einen Moment schien die seltsame Spannung zwischen ihnen verflogen. Doch bevor die Situation sich normalisieren konnte, machte er einen weiteren Vorschlag. „Dann lass uns wenigstens etwas essen gehen. Es gibt hier ein kleines Restaurant, das ich schon lange ausprobieren wollte."

Donjas Herz setzte einen Schlag aus. Essen. Etwas, das sie nicht konnte. Nicht so, wie Johannes es sich vorstellte. Ihre Nahrung war nicht von dieser Welt, und die wenigen Male, die sie Blut trank – sei es von Hühnern oder von Menschen, die sich am nächsten Tag an nichts erinnerten – waren genug, um sie für Monate zu nähren. Doch Johannes konnte das nicht wissen.

„Ich… ich danke dir für die Einladung, aber ich habe heute keinen Appetit," versuchte sie, sanft abzulehnen. „Vielleicht ein anderes Mal?"

Johannes schien für einen Moment zu überlegen,

dann nickte er wieder, diesmal etwas langsamer. „Natürlich, Donja. Ich verstehe." Sein Lächeln wurde weicher. „Ich will dich zu nichts drängen. Wir können einfach noch ein wenig spazieren gehen, wenn du möchtest."

Donja lächelte ihn dankbar an. „Das würde mir gefallen."

Gemeinsam setzten sie ihren Spaziergang fort, und die Lichter der Stadt tanzten um sie herum, als ob die Welt nichts weiter als ein stilles Gemälde wäre, in dem sie die einzigen lebendigen Figuren waren. Doch während sie Seite an Seite gingen, konnte Donja ihre Gedanken nicht beruhigen. Der Anblick des Amuletts hatte in ihr eine tiefe Unruhe ausgelöst. Es war, als hätte sie einen Blick auf ihr eigenes Schicksal geworfen, und das Bild war düsterer, als sie es sich je vorgestellt hatte.

Es war nicht nur das Amulett, das sie beunruhigte. Es war auch ihre wachsende Zuneigung zu Johannes, die alles verkomplizierte. Sie wollte ihn in ihre Welt hineinziehen, ihm die Wahrheit sagen – über ihre Natur, über das, was sie war und was sie niemals sein konnte. Doch sie wusste, dass dies alles zerstören würde. Johannes war ein Mensch. Er könnte niemals verstehen, dass sie in der Dunkelheit lebte, dass sie nur überlebte, indem sie Blut trank, sei es von Tieren oder Menschen.

Ihr Vater hatte immer gesagt, dass es keine Kompromisse für Vampire gab. Sie konnten sich nicht an das menschliche Leben anpassen. Sie waren dazu verurteilt, in den Schatten zu existieren und von den Lebenden zu nehmen, was sie brauchten, ohne dabei etwas zurückzugeben. Doch Donja hatte einen anderen Weg gewählt – ein Geben und Nehmen, wie sie es nannte. Sie trank nur von denen, die es sich leisten konnten und dabei nichts verloren, außer vielleicht einem Liter Blut. Und seltsamerweise fühlten sich diese Menschen danach oft stärker, gereinigt. Es war ein Balanceakt, einer, den ihr Vater niemals verstehen würde.

Vlad Donja, der gefürchtete Vampirfürst, hatte sich nie darum geschert, was die Menschen fühlten. Für ihn waren sie nichts weiter als Beute, Spielzeuge, die

er nach Belieben nutzte. Er wählte die besten
Exemplare aus, trank ein wenig von ihnen, ließ sie oft
benommen zurück, nur um sie später erneut zu
besuchen. Er betrachtete es als eine Gnade, sie am
Leben zu lassen.

Doch Donja wollte nicht so leben. Sie wollte etwas
anderes. Sie wollte, wenn es möglich wäre, Liebe.
Und jetzt stand sie kurz davor, genau das zu finden –
und riskierte dabei alles.

Als sie den Spaziergang beendeten und sich
verabschiedeten, ging Johannes mit einem Lächeln
auf den Lippen zurück in sein Hotel. Doch Donja blieb
stehen und blickte ihm nach, während er in der
Ferne verschwand. Die Nacht schien schwerer als
zuvor, und sie konnte das Gefühl nicht loswerden,
dass das Amulett, das er nun in seiner Tasche trug,
mehr war als nur ein schönes Geschenk.

Es war ein Zeichen. Ein Zeichen dafür, dass ihre Welten bald aufeinanderprallen würden – und dass sie vielleicht schon morgen eine Entscheidung treffen musste, die alles verändern könnte.

Kapitel 7: Abschied ohne Worte

Der Morgen begann hektisch, viel früher als Johannes es sich hätte vorstellen können. Er war kaum aus dem Schlaf gerissen worden, als das Telefon in seinem Hotelzimmer laut klingelte. Am anderen Ende der Leitung war die Klinik. Zwei prominente Persönlichkeiten – ein einflussreicher Geschäftsmann aus Dubai und eine adelige Dame aus London – waren unerwartet in seiner Klinik eingetroffen. Beide bestanden darauf, ausschließlich von ihm operiert zu werden. Es war ein Ruf, den Johannes nicht ignorieren konnte, denn er war nicht umsonst einer der bedeutendsten Herzchirurgen seiner Zeit.

Er warf einen Blick auf die Uhr: 5:30 Uhr. Das Taxi würde bereits um sechs Uhr vor der Tür warten, um ihn zum Flughafen zu bringen. Es blieb keine Zeit, über irgendetwas anderes nachzudenken. Seine

Gedanken überschlugen sich, als er schnell seine Sachen zusammenpackte. Der gestrige Abend mit Donja schien plötzlich so weit entfernt. Die geplante Kunstausstellung, die sie heute Abend gemeinsam besuchen wollten, verblasste in den Wirren der Realität.

Johannes hätte ihr gerne noch persönlich Bescheid gesagt, doch es war keine Zeit mehr. Alles musste schnell gehen. Er schickte hastig eine Nachricht an die Rezeption des Hotels und ließ seine Telefonnummer dort, in der Hoffnung, Donja würde sie erhalten, wenn sie später eintraf. Ihre Handynummer hatte er zwar, aber in diesem Moment schien alles zu schnell zu gehen, um eine Nachricht zu verfassen. Die Verantwortung für seine Patienten lastete schwer auf seinen Schultern. Seine Gedanken kreisten nur noch um die bevorstehenden Operationen – die komplizierten Eingriffe, die Organisation der Teams und die genauen Abläufe, die ihm bevorstanden.

„Hinterlassen Sie diese Nachricht für eine Frau namens Donja, sie wird heute Abend hier sein", sagte er schnell, während er die Nachricht an der

Rezeption abgab. „Hier ist meine Nummer. Ich hoffe, sie erreicht mich bald, aber ich bin auf dem Weg zurück zur Klinik."

Der Rezeptionist nickte freundlich und versprach, die Nachricht zu übermitteln. „Wir sorgen dafür, dass sie die Nachricht bekommt."

Johannes verließ das Hotel im Eiltempo. Der kühle Morgen empfing ihn, als er aus der Tür trat und auf das wartende Taxi zuging. Der Himmel war noch dunkel, nur ein paar Sterne funkelten schwach durch die Wolken, und die Stadt lag in einem leisen Dämmerzustand. Er spürte einen leisen Stich des Bedauerns, dass er sich nicht persönlich von Donja verabschieden konnte. Doch in seiner Welt, in der jede Sekunde zählte und Leben auf dem Spiel standen, gab es manchmal keine andere Wahl.

Während das Taxi zum Flughafen fuhr, gingen seine Gedanken immer wieder zurück zu Donja und dem Amulett, das er ihr hatte schenken wollen. Er konnte nicht erklären, warum dieses Schmuckstück so viel

Bedeutung für ihn bekommen hatte. Doch in diesem Moment musste er sich darauf konzentrieren, was vor ihm lag – zwei Operationen, die die ganze Welt auf ihn schauen lassen würden.

Als er schließlich im Flugzeug saß und der Motor leise brummte, lehnte sich Johannes zurück und holte tief Luft. Die Klinik, die Operationen, die Erwartungen – es fühlte sich alles so vertraut an. Doch gleichzeitig spürte er, dass etwas fehlte. Es war nicht nur das Amulett, das in seiner Tasche ruhte, sondern auch das Wissen, dass er Donja für diesen Abend versetzt hatte. Er wusste, dass sie die Kunstausstellung von Petra Maria Scheid beide geliebt hätten. Die digitale Kunst der Künstlerin war ein gemeinsames Interesse gewesen, etwas, das sie verbunden hatte.

Er nahm sein Handy heraus, um eine Nachricht an Donja zu schreiben, doch dann hielt er inne. Was sollte er ihr sagen? Dass er sie versetzt hatte, ohne sich zu verabschieden? Er beschloss, die Nachricht zu senden, sobald er in seiner Heimatstadt gelandet war. **„Ich rufe sie an, sobald ich kann,"** dachte er bei sich und verstaute das Handy wieder in seiner

Jackentasche.

In Berlin begann der Tag langsam, und während Johannes auf dem Weg zu seinen Patienten war, machte sich Donja auf zu ihrem üblichen Rundgang durch die Stadt. Die gestrigen Ereignisse waren ihr noch frisch im Gedächtnis, und sie hatte sich auf den Abend mit Johannes gefreut. Die Kunstausstellung, die Eröffnung, der Gedanke daran, Zeit mit ihm zu verbringen, ließ ihre Unruhe für einen Moment vergessen. Doch als sie am frühen Nachmittag ins Foyer des Hotels trat, bemerkte sie sofort die Nachricht an der Rezeption.

„Frau Donja?" fragte der Rezeptionist, als er sie erkannte. „Dr. Baier hat diese Nachricht für Sie hinterlassen."

Donja nahm den kleinen Zettel entgegen und faltete ihn auf. Johannes hatte die Klinik überstürzt verlassen müssen – zwei prominente Patienten brauchten dringend seine Hilfe. Er hatte keine Zeit mehr gehabt, sich persönlich von ihr zu verabschieden, aber er hatte seine Telefonnummer hinterlassen und versprochen, sich bei ihr zu melden. Für einen Moment fühlte sie einen Stich der Enttäuschung, aber sie verstand, dass seine Arbeit Priorität hatte. Schließlich war er ein angesehener Herzchirurg, und das war sein Leben – ein Leben, das nichts mit ihrer dunklen Existenz zu tun hatte.

Den Zettel in der Hand haltend, ging Donja hinaus in die Straßen Berlins, und ihre Gedanken wurden schwer. **Was hatte sie sich erhofft?** Dass sie mit einem Menschen wie Johannes zusammen sein könnte? Dass ihre Welten sich auf irgendeine Weise verbinden ließen? Sie spürte die Distanz, die ihre vampirische Natur zwischen ihnen gelegt hatte, und wusste, dass sie sich vor dieser Wahrheit nicht länger verstecken konnte.

Währenddessen landete Johannes in seiner Heimatstadt, wo er sofort in die Klinik eilte, um seine Patienten zu sehen. Die Operationen würden alles von ihm abverlangen, doch er war vorbereitet. Er wusste, dass der nächste Tag hart werden würde, und er würde keine Zeit für irgendetwas anderes haben. Doch während er durch die Gänge der Klinik ging, dachte er immer wieder an Donja – an die Nacht im Park, an das Amulett, das er ihr schenken wollte, und an die seltsame Spannung, die zwischen ihnen geherrscht hatte.

Doch jetzt waren seine Patienten wichtig. Der Geschäftsmann aus Dubai und die adelige Dame aus London brauchten ihn, und wie immer in solchen Momenten legte Johannes all seine Emotionen beiseite, um sich voll und ganz auf die bevorstehenden Eingriffe zu konzentrieren.

In Berlin schlenderte Donja durch die Straßen, der Zettel mit Johannes' Telefonnummer tief in ihrer

Manteltasche verstaut. Sie wusste, dass er ihr wichtig war, mehr als sie es sich eingestehen wollte. Doch sie war sich auch bewusst, dass ihre Geheimnisse und ihre dunkle Vergangenheit eine Mauer zwischen ihnen errichtet hatten. Sie wusste, dass sie ihn nicht einfach anrufen konnte, nicht so, wie andere es vielleicht getan hätten.

Sie drehte sich zum Hotel zurück und betrachtete den Eingang. Dort hatten sie sich verabredet, um die Kunst von Petra Maria Scheid zu bewundern, doch jetzt war sie allein. Der Abend war hereingebrochen, und die Dunkelheit umgab sie wie ein alter, vertrauter Mantel.

Kapitel 8: Gefangen in der Dunkelheit

Donja spürte die Kälte, bevor sie ihn überhaupt sah. Die vertraute, bedrohliche Präsenz, die sie seit ihrer Kindheit umgab, als ob der Tod selbst den Raum betreten hätte. Als sie sich im Foyer des Hotels umdrehte, fiel ihr Blick auf eine Gestalt, die in der kleinen, grünen Sitzgruppe saß. **Ihr Vater.** Vlad Donja, der unerschütterliche Vampirfürst, saß mit grimmigem Ausdruck im Gesicht und funkelte sie an.

An seiner Seite war wie immer Guiseppe, sein treuer Diener, der gerade damit beschäftigt war, die Koffer zu verstauen.

Donja erstarrte. Die kurze Freiheit, die sie in den letzten Monaten in Berlin gespürt hatte, schien in diesem Moment zu verblassen, als ob sie niemals existiert hätte. Vlad winkte sie zu sich, und sie wusste, dass es keinen Ausweg gab. Mit jedem Schritt, den sie auf ihn zuging, fühlte sie sich tiefer in die Fänge ihrer Familie gezogen – in das Schicksal, das sie so verzweifelt versucht hatte zu entkommen.

„Setz dich," befahl er, seine Stimme so kühl und autoritär wie immer. Donja gehorchte. Als sie ihm gegenübersaß, konnte sie die Wut in seinen Augen sehen, die er mühsam hinter einer Fassade von Kontrolle verbarg.

„Was denkst du dir eigentlich?" begann er mit schneidender Stimme. „Dich mit einem **Menschen** einzulassen?" Seine Augen verengten sich, und jedes seiner Worte fühlte sich wie eine scharfe Klinge an. „Hast du vergessen, wer du bist? Hast du vergessen, wer **ich** bin? Und am wichtigsten: Hast du vergessen, wer **wir** sind?"

Donja schluckte schwer, konnte aber nichts sagen. Jeder Teil von ihr wollte aufbegehren, doch die Macht ihres Vaters war überwältigend. Sie spürte, wie er sie ansah, als ob er jeden ihrer Gedanken lesen könnte. **Wie oft hatte er sie schon so angesehen?** Mit seinen ewigen Erwartungen, seinen unausgesprochenen Drohungen.

„Guiseppe ist bereits dabei, deine Sachen zu packen," fuhr Vlad fort, ohne die Antwort abzuwarten. „Morgen Abend fahren wir zurück. Du wirst dieses… Abenteuer mit dem Menschen vergessen. Und du wirst Graf Stanislav heiraten, wie es beschlossen wurde."

Donja kniff die Augen zusammen, ihr Körper spannte sich an. Sie hatte diesen Moment gefürchtet – den Moment, in dem ihr Vater sie zwingen würde, ein Leben zu führen, das sie hasste. Ein Leben in den

Fesseln eines Vampirs, den sie verachtete. „**Diesen alten Zausel werde ich niemals heiraten!**" platzte es aus ihr heraus. „Lieber nehme ich ein Sonnenbad und verbrenne!" Ihre Stimme zitterte, doch in ihrem Herzen brodelte Wut.

Für einen Augenblick schien Vlad überrascht von ihrem Widerspruch, doch seine Überraschung verwandelte sich schnell in kalte Berechnung. „Oh, du wirst tun, was ich dir sage, Donja." Seine Stimme war gefährlich ruhig. „Denn wenn nicht, werde ich wohl einen Abstecher in die Klinik deines kleinen Menschenfreundes machen müssen. Und dann werde ich die Angelegenheit ein für allemal erledigen."

Donja's Herz setzte einen Schlag aus. Sie wusste, dass er es ernst meinte. Vlad hatte keine Skrupel, Johannes zu töten, wenn es nötig war, um seine Pläne durchzusetzen. Und er würde es genießen. In den letzten Jahrhunderten hatte sie gesehen, wozu ihr Vater fähig war, wenn er seine Macht beweisen wollte. Johannes war ihm schutzlos ausgeliefert, und das Amulett – das einzige, das Vlad aufhalten könnte – war in Johannes' Händen, aber er wusste nichts von seiner Bedeutung.

Mit einem resignierten Seufzen senkte Donja den Kopf. Sie spürte, wie ihr Mut sie verließ.
„Nein," flüsterte sie, ihre Stimme gebrochen. „Es wird alles so geschehen, wie du es befiehlst."

Vlad musterte sie einen Moment lang. Ein triumphierendes Lächeln spielte auf seinen blassen Lippen. „Gut." Er erhob sich langsam, strich seinen schwarzen Umhang glatt und setzte seinen glänzenden Zylinder auf. „Dann wollen wir kein Wort mehr darüber verlieren, mein Kind."

Donja sah zu ihm auf, ihre Augen voller Trauer und unausgesprochener Wut. Vlad stand da, hoheitsvoll wie immer, mit seinen weißen Handschuhen und der blassen Haut, die im schwachen Licht des Foyers fast durchsichtig wirkte. Er sah aus wie ein König aus einer anderen Zeit, einer Zeit, die längst vergangen war, aber die er weigerte, loszulassen.

„Ich werde jetzt in die Stadt gehen, dinieren," sagte er und warf ihr einen letzten Blick zu. „Wir sehen uns morgen Abend. Sei bereit."

Mit diesen Worten drehte er sich um und schritt gemächlich zur Tür hinaus, sein Umhang hinter ihm her wehend. Donja saß wie erstarrt da, unfähig, sich zu bewegen, während sie zusah, wie ihr Vater das Hotel verließ. Die Macht, die er über sie hatte, fühlte sich wie eine unsichtbare Kette an, die sich immer fester um ihren Hals legte.

Als er verschwunden war, sackte Donja in sich zusammen. Die Anspannung, die in ihrem Körper gewesen war, löste sich auf, und sie fühlte sich leer und erschöpft. Sie hatte sich in den letzten Monaten so sehr bemüht, sich von ihrer Vergangenheit zu lösen, aber nun hatte sie keine Wahl mehr. Der Schatten ihres Vaters war immer da gewesen, und jetzt hatte er sie wieder eingeholt.

Doch in ihrem Herzen war da noch ein anderer Schatten – der Gedanke an Johannes. **Was sollte sie jetzt tun?** Sie konnte ihn nicht weiter in diese Gefahr hineinziehen. Sie musste sich von ihm fernhalten, bevor ihr Vater seine Drohung wahr machte.

Aber wie sollte sie das tun? Johannes würde sie anrufen, sobald er konnte, und sie würde ihm gegenüberstehen müssen. **Wie konnte sie ihm erklären, dass sie ihr gemeinsames Leben aufgeben musste, um ihn zu schützen?**

Donja schloss die Augen und atmete tief durch. Sie hatte keine Wahl. Morgen Abend würde sie ihrem Vater folgen, und alles, was sie mit Johannes aufgebaut hatte, wäre vorbei. Doch eines wusste sie: Sie würde alles tun, um Johannes zu beschützen – selbst, wenn das bedeutete, ihn nie wiederzusehen.

Draußen, in den dunklen Gassen Berlins, schritt Vlad Donja langsam durch die Nacht. Er lächelte zufrieden in sich hinein. Seine Tochter würde bald wieder auf dem richtigen Weg sein, und die Familie würde ihre Macht bewahren – koste es, was es wolle.

Kapitel 9: Die Jagd beginnt

Der nächste Abend brach herein, und wie versprochen, kehrte Vlad Donja in das Hotel zurück. Doch als er die Tür zu Donjas Zimmer öffnete, fand er es leer. Die Koffer, die Guiseppe sorgfältig gepackt hatte, standen unberührt am Rand des Raumes. Das Bett war gemacht, und die schweren Vorhänge, die das Licht des hereinbrechenden Abends fernhielten, hingen still. Alles war unangetastet – außer der Tatsache, dass Donja verschwunden war.

Ein dunkles Grollen entkam Vlads Kehle. Seine Augen verengten sich, und ein bitterer Ausdruck formte sich auf seinem blassen Gesicht. **Natürlich**. Er hatte gewusst, dass seine Tochter widerspenstig war, aber er hatte nicht erwartet, dass sie so weit gehen würde. Sie war abgehauen, bevor er sie zurück nach Rumänien zwingen konnte. Und es war ihm vollkommen klar, wohin sie gegangen war.

„Dieser Mensch…" murmelte Vlad, als sich seine Wut zu einem gefährlichen Zorn aufbaute. **Johannes**. Der Mensch, den sie sich ausgesucht hatte, war der Schlüssel zu ihrem Ungehorsam. Vlad war sich sicher, dass Donja zu ihm geflüchtet war, und das konnte er nicht zulassen.

Mit schnellen, energischen Schritten verließ Vlad das Hotel. Seine Gestalt war düster, der lange schwarze Umhang wehte hinter ihm her, als er hinaus in die Nacht trat. Die kalte Berliner Luft tat nichts, um seine Wut zu mildern. Die Straßen waren ruhig, beleuchtet von den fahlen Lichtern der Laternen, doch für Vlad schienen sie eine tödliche Bedrohung in sich zu bergen – eine Bedrohung für den Stolz seiner Familie, für seine Macht, und für das Vermächtnis, das er über Jahrhunderte hinweg bewahrt hatte.

„Guiseppe," rief Vlad über die Schulter, ohne langsamer zu werden. „Bereite alles vor. Ich gehe zu diesem… Herzchirurgen."

Der Diener nickte stumm und beeilte sich, Vlads Befehle auszuführen, während Vlad zielstrebig durch die dunklen Straßen ging. Die Klinik, in der Johannes arbeitete, war nicht weit entfernt. Er hatte sich schon während seiner Recherchen über diesen Sterblichen genau informiert. Johannes war gut, das musste er ihm lassen. Ein talentierter Chirurg, der Leben rettete – wie ironisch, dass er selbst bald in Gefahr sein würde, sein eigenes Leben zu verlieren.

Ein kleiner Biss, dachte Vlad. **Mehr würde es nicht brauchen.**

Währenddessen stand Donja auf dem Dach eines Hauses in der Nähe der Klinik und beobachtete die Umgebung mit scharfen Augen. Ihr Plan war riskant, aber sie hatte keine andere Wahl gehabt. Sie wusste, dass ihr Vater kommen würde – es lag in seiner Natur, sie zu verfolgen und zu bestrafen, wenn sie sich ihm widersetzte. Und Johannes war in Gefahr. Sie konnte nicht zulassen, dass er getötet wurde, nur weil sie sich erlaubt hatte, einen kurzen Augenblick des Glücks zu erleben.

Ihre Flucht war panisch gewesen. Nachdem Vlad sie gezwungen hatte, ihm zu gehorchen, hatte Donja die halbe Nacht darüber nachgedacht, was sie tun sollte. Ihr Herz schmerzte bei dem Gedanken, Johannes nie wieder zu sehen, aber die Vorstellung, dass Vlad ihn töten könnte, war noch unerträglicher. Am nächsten Abend war sie abgehauen, ohne ein klares Ziel, nur getrieben von dem Wissen, dass sie Johannes irgendwie warnen musste.

Doch wie sollte sie ihn warnen? Sie konnte ihm nicht einfach die Wahrheit sagen. **Johannes, ich bin ein Vampir und mein Vater ist ein blutrünstiger Fürst, der dich töten will.** Das würde er niemals verstehen. Sie warf einen Blick auf ihr Handy. Sie hatte ihn bereits versucht anzurufen, doch er war in der Klinik und nahm nicht ab. Sie hatte keine andere Wahl, als ihm entgegenzugehen und ihn in Sicherheit zu bringen, bevor ihr Vater ihn erreichte.

Vlad näherte sich der Klinik. Er konnte bereits das schwache Summen von Maschinen hören, die über Leben und Tod wachten. Er wusste, dass Johannes tief in seiner Arbeit versunken war, nichts ahnend, dass sich ein dunkler Schatten über sein Leben legte. Die sterblichen Menschen waren immer so selbstzufrieden, so sicher in ihrer kleinen, begrenzten Welt.

Doch Vlad würde dafür sorgen, dass Johannes für seine Einmischung in die Angelegenheiten seiner Familie bezahlte. Seine Liebe zu Donja war ein Fehler – ein Fehler, der ihn das Leben kosten würde.

Er erreichte den Eingang der Klinik und schritt durch die automatischen Türen, die ihn wie lautlose Wächter hineinließen. Der sterile Geruch der Krankenhausluft umgab ihn, doch Vlad störte sich nicht daran. Er wusste genau, wohin er gehen musste.

„Guten Abend," grüßte er die Empfangsdame mit einem höflichen Nicken, doch in seinen Augen lag ein Funke von unheilvoller Macht. Sie zögerte einen Moment, als würde sie spüren, dass etwas nicht stimmte, aber sie erwiderte den Gruß und gab ihm die Richtung, in der er Johannes finden würde.

Vlad ging weiter, sein Umhang rauschte leise über den Boden. Bald würde alles vorbei sein. Ein Biss – und die Liebe, die seine Tochter zu diesem Mann empfand, würde mit seinem Tod enden. Es war die einzige Lösung, die er akzeptieren konnte.

In diesem Moment betrat Donja die Klinik durch einen Seiteneingang. Ihre Sinne waren geschärft, und sie konnte bereits die dunkle Präsenz ihres Vaters spüren. **Er ist hier.** Die Angst kroch in ihr hoch, doch sie ließ sich nicht davon überwältigen. Sie hatte keine Zeit mehr. Johannes musste gewarnt werden –

oder sie würde ihn für immer verlieren.

Sie schlich durch die Gänge, ihre Bewegungen lautlos
und schnell. Sie wusste, wo Johannes sich aufhielt,
doch sie musste ihn erreichen, bevor Vlad es tat. Ihre
Gedanken rasten. Was konnte sie tun, um ihn zu
schützen? Sie war schwächer als ihr Vater – sie
konnte ihm nicht direkt entgegentreten. Aber es gab
eine Waffe, die sie gegen ihn einsetzen konnte.
Das Amulett.

Johannes hatte das Amulett immer noch bei sich.
Wenn sie es rechtzeitig in die Hand bekam, könnte
sie ihren Vater aufhalten, ihn vernichten, bevor er
Johannes erreichen konnte. Es war ihre einzige
Chance.

Vlad näherte sich der Tür zum OP-Bereich. Er konnte
das Summen der Maschinen hören, das leise
Murmeln der Ärzte und Krankenschwestern, die im

Inneren arbeiteten. Johannes war da, so nah. Vlad
konnte den Duft seines Blutes fast spüren, den Puls
seines Herzens, der so voller Leben war. Es würde ein
Leichtes sein, das alles zu beenden.

Doch bevor er die Tür erreichte, hörte er hinter sich
eine leise, verzweifelte Stimme.

„Vater!"

Vlad drehte sich langsam um. Dort, am Ende des
Ganges, stand Donja. Ihre Augen waren voller Wut
und Schmerz, aber auch Entschlossenheit. Sie hielt
etwas in der Hand – das Amulett der Drachenkönigin.

Kapitel 10: Das Erbe der Dunkelheit

Donja stand reglos am Ende des Ganges, das Amulett
fest in ihrer zitternden Hand. Vor ihr, nur wenige
Schritte entfernt, stand ihr Vater, Vlad Donja, der
mächtige Vampirfürst, mit einem Ausdruck von
unheimlicher Ruhe im Gesicht. Doch sie wusste, dass
hinter dieser Fassade etwas anderes lauerte. Der

Anblick des Amuletts, das sie nun fest umklammert hielt, hatte ihn innerlich getroffen – das wusste sie. **Es war das gleiche Amulett, das ihre Mutter einst gegen ihn verwenden wollte**, und die Erinnerung daran musste ihm tief in sein kaltes, unsterbliches Herz gestochen haben.

Vlad betrachtete das Amulett still, seine dunklen Augen nur leicht verengt. Es war nicht nur irgendein Schmuckstück, das Donja in den Händen hielt – es war das Amulett der Drachenkönigin, angefertigt von einer mächtigen Zauberin, um ihn zu vernichten. Seine erste Frau, Donjas Mutter, hatte es damals von jener Zauberin anfertigen lassen, als sie beschloss, ihn zu verlassen. Sie hatte befürchtet, dass Vlad sie nicht gehen lassen würde, und das Amulett war ihre einzige Hoffnung, ihn davon abzuhalten, sie zu verfolgen.

Der Schmerz, den er damals verspürt hatte, als er von dem Verrat seiner geliebten Frau erfuhr, kam jetzt wieder in Wellen zurück. Nun stand seine Tochter vor ihm, mit dem gleichen Blick der Entschlossenheit, den einst ihre Mutter in den Augen gehabt hatte. Doch Vlad ließ sich nichts anmerken. Er

ließ sich niemals von seinen Gefühlen überwältigen –
nicht einmal von denen, die in ihm tobten. Er liebte
Donja mit dem gleichen wilden, unbändigen Herz,
mit dem er auch ihre Mutter geliebt hatte. Und doch
schien er dazu verdammt zu sein, sie beide zu
verlieren.

„Donja," sagte er leise, seine Stimme klang ruhig,
fast sanft, aber darunter lag eine Schärfe, die sie
sofort spürte. „Das Amulett wird dir nichts bringen.
Du bist meine Tochter, und du weißt genau, was du
bist. Wir können nicht vor dem fliehen, was wir
sind."

Donja hielt das Amulett immer noch hoch, ihre
Augen blitzten vor Entschlossenheit. „Ich werde es
tun, Vater. Ich werde es benutzen, wenn ich muss.
Ich werde nicht zulassen, dass du Johannes etwas
antust."

Für einen Moment herrschte eine angespannte Stille
zwischen ihnen, als Vater und Tochter sich stumm
gegenüberstanden, beide mit ihren eigenen, tief

verwurzelten Überzeugungen. Dann, plötzlich, öffnete sich die Tür zum OP-Bereich, und Johannes trat heraus.

„Donja?" rief er überrascht, als er sie im Gang stehen sah. „Was machst du hier?"

Er lief auf sie zu, ein Ausdruck des Staunens auf seinem Gesicht. Und dann sah er Vlad – einen älteren Mann, elegant und hoheitsvoll gekleidet, als hätte er gerade eine Oper verlassen. Der Anblick der beiden zusammen, Donja mit dem Amulett in der Hand und Vlad, der still auf sie hinunterblickte, ließ in ihm eine unbestimmte Verwirrung aufkommen.

„Donja," sagte er leise, während er sie in die Arme nahm, „wer ist das? Was... was passiert hier?"

Donja zögerte nur einen Moment, dann ließ sie das Amulett fallen, als Johannes sie fest umarmte. Der silberne Anhänger traf den Boden mit einem leisen, metallischen Klirren, das in der angespannten Stille des Ganges widerhallte.

Vlad beobachtete die Szene ohne eine erkennbare Regung. Doch tief in seinem Inneren brodelte eine Mischung aus Wut, Schmerz und Enttäuschung. **Wieder einmal wurde ihm etwas genommen, das er liebte.** Aber diesmal war es nicht wie bei seiner Frau. Diesmal war es seine Tochter. Und obwohl er sie festhalten wollte, wusste er, dass er sie nicht zwingen konnte, bei ihm zu bleiben.

In dem Moment, als Donja sich aus Johannes' Umarmung löste, bemerkte sie es: Vlad war verschwunden. Und nicht nur er. Auch das Amulett war verschwunden. Sie schaute sich hastig um, ihre Augen suchten den Boden ab, aber von dem Amulett war keine Spur mehr zu sehen.

„Er ist weg," flüsterte sie erschrocken und trat einen Schritt zurück, ihre Gedanken wirbelten durcheinander.

„Wer?" fragte Johannes verwirrt, als er merkte, dass Donja sich von ihm entfernte. „Donja, was ist los? Wer war das?"

Donja öffnete den Mund, aber die Worte blieben ihr im Hals stecken. Wie sollte sie ihm erklären, was gerade passiert war? Wie sollte sie ihm sagen, dass der elegante Mann, der so plötzlich verschwunden war, ihr Vater war – ein Vampirfürst, der gekommen war, um ihn zu töten?

„Das war..." Donja atmete tief durch, ihre Hände zitterten. „Das war mein Vater."

„Dein Vater?" wiederholte Johannes, noch immer verwirrt. „Aber warum—"

„Er ist gefährlich, Johannes," unterbrach sie ihn. Sie wusste, dass sie ihm die Wahrheit sagen musste, so schwer es auch sein würde. „Ich wollte dich warnen, aber es war zu spät... Er wollte dir etwas antun, weil wir uns nahegekommen sind. Aber jetzt ist er weg.

Zumindest fürs Erste."

Johannes sah sie an, versuchte zu verstehen, was sie ihm gerade sagte, doch nichts schien wirklich Sinn zu ergeben. „Aber warum? Warum sollte dein Vater…?"

Donja senkte den Kopf. Sie spürte, wie die Wahrheit wie eine schwere Last auf ihren Schultern wog. **Es gab keinen Weg zurück.** „Johannes," begann sie zögernd, „es gibt Dinge über mich, die du nicht weißt. Dinge, die ich dir erklären muss, aber… es wird nicht leicht für dich sein."

Johannes trat näher und nahm ihre Hand, seine Augen suchten die ihren. „Donja, was auch immer es ist – du kannst mir alles sagen. Ich bin hier."

Sie atmete tief durch, dann sah sie ihm in die Augen. „Johannes… ich bin kein Mensch. Nicht so wie du. Mein Vater und ich… wir sind Vampire."

Die Worte hingen einen Moment lang schwer in der Luft, und Johannes stand wie versteinert da. Er versuchte, ihre Worte zu begreifen, doch sie fühlten sich an wie etwas aus einem Traum, etwas Unwirkliches. „Was?" flüsterte er schließlich, seine Stimme kaum mehr als ein Hauch.

„Ich weiß, wie verrückt das klingt," fuhr Donja fort, „aber es ist die Wahrheit. Mein Vater ist ein Vampirfürst, und ich bin seine Tochter. Ich bin auch ein Vampir, Johannes. Und er wollte dich... er wollte dich töten, weil er denkt, dass wir zusammen nicht existieren können."

Für einen Moment herrschte völlige Stille, während Johannes versuchte, diese überwältigende Offenbarung zu verarbeiten. Nichts in seiner Welt hatte ihn auf so etwas vorbereitet. Doch er sah in Donjas Augen und erkannte, dass sie ihm die Wahrheit sagte.

„Und was passiert jetzt?" fragte er schließlich leise.

Donja wusste es nicht. Sie wusste nur, dass Vlad nicht so einfach aufgeben würde. Doch für den Moment waren sie beide in Sicherheit. „Jetzt müssen wir herausfinden, wie wir ihn stoppen können," sagte sie entschlossen. „Und wir müssen das Amulett zurückholen, bevor er es benutzt – gegen uns beide."

Kapitel 11: Realität oder Wahnsinn?

Johannes starrte Donja an, sein Kopf noch gefüllt mit den Nachwirkungen der anstrengenden Operation, die er gerade hinter sich hatte. Die sterile Umgebung des Krankenhauses, der Druck der Verantwortung, das Adrenalin – alles verschmolz in diesem Moment, als Donja ihm diese verwirrende, fast surreal klingende Wahrheit offenbarte.

„Vampire?" wiederholte er langsam, als ob er das Wort auf seine Realität prüfen wollte. Er konnte nicht anders, als ein leichtes Lachen auszustoßen, ein Ausdruck der Verwirrung, aber auch des Unglaubens. „Donja, komm schon. Das klingt wie aus einem alten

Roman oder einem schlechten Film. Ich habe gerade eine anstrengende OP hinter mir – vielleicht bin ich deswegen etwas langsam, aber… Vampire? Wirklich?"

Donja blickte ihn eindringlich an, ihre Augen voller Sorge und Anspannung. Sie konnte sehen, dass Johannes es für einen schlechten Scherz hielt. Sein Gesichtsausdruck verriet es ihm sofort – er glaubte ihr nicht. Doch das machte die Gefahr, die vor ihnen lag, nicht weniger real.

„Johannes," flüsterte sie eindringlich, „ich weiß, wie das für dich klingen muss. Du bist ein Mann der Wissenschaft. Dein Leben ist strukturiert, logisch. Aber das hier… das ist meine Realität. Und jetzt auch deine. Wir müssen vorsichtig sein."

Johannes wollte gerade etwas erwidern, als sie sich unruhig umblickte, als ob sie jemanden oder etwas erwartete. „Ab jetzt sind seine Späher überall," fuhr sie flüsternd fort, „und wenn sie uns finden, wird auch er uns finden."

Er runzelte die Stirn, blinzelte und schüttelte leicht den Kopf. „Späher? Donja, das klingt verrückt. Ich meine, wir sind in einem Krankenhaus in Berlin, nicht in einem Fantasyroman."

Johannes trat einen Schritt auf sie zu und nahm sanft ihre Hand. „Hör zu," sagte er in einem ruhigen, beschwichtigenden Ton. „Ich verstehe, dass du vielleicht unter Druck stehst, dass irgendetwas passiert ist, aber Vampire gibt es nicht. Ich bin müde, und du bist zu mir gekommen – worüber ich mich riesig freue. Lass uns einfach etwas essen gehen, okay? Danach kannst du mir alles in Ruhe erzählen, und wir finden eine Lösung. Aber bitte… Vampire?"

Donja sah ihn an, und für einen Moment schien es, als würde sie über die Leichtigkeit und die Wärme in seiner Stimme nachdenken. Seine Berührung fühlte sich gut an, fast normal, und für einen winzigen Moment wünschte sie sich nichts mehr, als dass Johannes recht hatte – dass es tatsächlich keine Vampire gab, dass sie beide einfach zusammen essen gehen könnten, und dass all die dunklen

Geheimnisse, die sie umgaben, nur ein Albtraum
wären.

Aber die Realität ließ sich nicht wegwünschen. Sie
fühlte die Anwesenheit ihres Vaters noch immer, die
drohende Gefahr, die sich über sie legte wie ein
schwerer Schleier. Johannes konnte diese Gefahr
nicht sehen, aber sie wusste, dass sie real war.

„Ich wünschte, du hättest recht," sagte sie leise, ihre
Stimme voller Bedauern. „Ich wünschte, wir könnten
einfach essen gehen und so tun, als wäre alles in
Ordnung. Aber es ist nicht. Er wird uns finden,
Johannes. Mein Vater lässt uns nicht gehen. Und
wenn er dich findet…"

Sie verstummte, unfähig, den Gedanken zu Ende zu
führen.

Johannes seufzte und ließ ihre Hand los. Er war hin-
und hergerissen zwischen seinem eigenen Verstand,
der ihm sagte, dass dies alles Unsinn war, und dem

instinktiven Bedürfnis, Donja zu vertrauen. Sie war zu ihm gekommen, nach allem, was sie miteinander erlebt hatten, und er wollte sie nicht einfach zurückweisen. Aber was sie sagte, widersprach allem, was er als real ansah.

„Okay, okay," sagte er schließlich, und er bemühte sich, verständnisvoll zu bleiben, auch wenn er insgeheim hoffte, dass das alles bald aufgelöst würde. „Lass uns einfach einen Moment Ruhe finden. Wie wäre es, wenn wir irgendwo hingehen, wo du dich sicher fühlst? Ich verstehe, dass du Angst hast, aber lass uns gemeinsam herausfinden, was hier los ist. Wir sind in Berlin – hier gibt es keine Vampire."

Donja zögerte, doch sie sah die ehrliche Besorgnis in seinen Augen. Es war schwer für sie, Johannes in diese Welt hineinzuziehen, die voller Gefahren war, die er nicht verstehen konnte. Aber sie konnte ihn nicht einfach gehen lassen. Nicht, wenn sie wusste, dass ihr Vater ihm näher kam.

„Ich… weiß nicht, ob wir irgendwo sicher sind," flüsterte sie. „Aber wir müssen es versuchen."

Johannes nickte. „Dann lass uns wenigstens irgendwo hinsetzen und reden, ja? Ich will dir helfen. Ich verstehe, dass du Angst hast, aber vielleicht gibt es einen Weg, das alles zu klären. Vielleicht geht es gar nicht um… Vampire." Ein zögerndes Lächeln spielte auf seinen Lippen, als ob er versuchte, die Schwere der Situation zu mildern.

Donja seufzte und nickte schließlich. „Okay. Aber wir müssen vorsichtig sein. Er ist näher, als du denkst."

Sie sahen sich einen Moment lang an, und Johannes spürte das Gewicht der Situation. Auch wenn er es noch nicht ganz begreifen konnte, wusste er, dass Donja glaubte, was sie sagte. Und in diesem Moment entschied er, dass es wichtiger war, ihr beizustehen, als über den Wahrheitsgehalt ihrer Worte zu grübeln.

„Gut," sagte er und legte einen Arm um sie. „Dann lass uns gehen. Aber eines verspreche ich dir – egal, was passiert, ich bin bei dir."

Donja nickte und lehnte sich kurz gegen seine Schulter. **Er hatte keine Ahnung, in welche Gefahr sie beide schwebten,** aber seine Entschlossenheit, bei ihr zu bleiben, gab ihr für den Moment Trost.

Kapitel 12: Schatten der Nacht

Der Abend hatte ruhig und beinahe romantisch begonnen. Johannes und Donja saßen in einer kleinen, gemütlichen Pizzeria, das Licht schummrig und warm, während der Duft von frischer Pizza und Rotwein den Raum erfüllte. Johannes hatte einen guten Jahrgang Rotwein bestellt und sich für eine einfache Margherita entschieden – ein Klassiker, der ihn immer wieder an seine Studentenzeit erinnerte. Donja hatte erklärt, dass sie nichts essen würde, und Johannes akzeptierte das ohne weiteren Kommentar. Er hatte beschlossen, nicht weiter auf das Thema „Vampire" einzugehen. Vielleicht war es nur eine Phase, eine seltsame Art, ihm etwas zu sagen, das sie anders nicht ausdrücken konnte.

Stattdessen erzählte er ihr einige seiner lustigsten
Anekdoten aus seiner Arbeit als Arzt – die Momente,
in denen Patienten auf skurrile Weise medizinische
Begriffe verwechselt hatten oder ihm das Leben in
der Klinik durch ihre charmante Unwissenheit
versüßt hatten. Er sah, wie Donja lächelte, und in
diesen Momenten schien die Dunkelheit, die über ihr
schwebte, für eine Weile zu verschwinden.

„Und dann", fuhr er lachend fort, „hat der Patient
mich gefragt, ob die 'Kardiografie' bedeutet, dass ich
einen 'Kartenführerschein' machen müsse, um sein
Herz zu untersuchen." Johannes lachte und Donja
lächelte breit, wenn auch etwas abwesend.

Nach dem Essen schlug Johannes einen kleinen
Spaziergang vor, um das schwere Gefühl nach dem
Essen loszuwerden. Arm in Arm schlenderten sie
durch die belebten Straßen der Stadt. Die
Schaufenster der Geschäfte strahlten hell, und die
Herbstnacht war kühl, aber nicht unangenehm. Sie

sprachen wenig, doch es war eine angenehme Stille –
eine, in der Worte nicht nötig waren.

Als sie an einem Juwelier vorbeikamen, blieben sie
stehen. Johannes' Blick wanderte zu den funkelnden
Eheringen, die auf schwarzem Samt ausgestellt
waren. Ein Paar aus Weißgold mit kleinen, perfekt
gefassten Diamanten fiel ihnen besonders ins Auge.
Die Ringe schimmerten im sanften Licht der
Auslagen.

„Sieh dir die an," sagte Johannes leise und deutete
auf die Ringe. „Wenn wir heiraten, dann sollten wir
genau diese tragen."

Donja errötete leicht und schmiegte sich an ihn. Der
Gedanke an eine Zukunft mit ihm, obwohl sie
wusste, dass es fast unmöglich war, ließ für einen
kurzen Moment ihre Sorgen verblassen. Sie genoss
den Moment, die Nähe zu Johannes, die Wärme
seines Körpers neben ihrem, als die Realität plötzlich
brutal und unvermeidlich über sie hereinbrach.

Ein ohrenbetäubendes Geräusch riss sie aus ihrer träumerischen Blase. Ein LKW, viel zu schnell für diese belebte Straße, raste ungebremst durch die Menge. Menschen wurden wie Puppen durch die Luft geschleudert, Schreie erfüllten die Luft, das Kreischen von Metall auf Asphalt klang wie ein Schrei des Schmerzes. Panik breitete sich aus, als Menschen in alle Richtungen rannten, einige versuchten, den Verletzten zu helfen, während andere aus Angst vor dem nächsten Aufprall flohen.

Johannes packte Donja instinktiv und wollte sie aus der Gefahrenzone ziehen, doch als er in ihre Augen blickte, sah er etwas anderes. Dort war keine Angst, sondern Erkenntnis – tiefe, dunkle Erkenntnis.

„**Vater…**" flüsterte Donja, ihre Stimme fast erstickt vor Furcht. Sie wusste sofort, dass dies kein gewöhnlicher Unfall war. Johannes sah den Wahnsinn der letzten Monate durch die Linse seiner eigenen Erfahrungen – er vermutete einen terroristischen Anschlag, ein weiteres tragisches Ereignis, wie es in den letzten Jahren häufiger in

Deutschland vorkam. Doch Donja wusste, dass dies kein Zufall war. **Ihr Vater war hier.**

In dem Moment, als sie das Wort ausgesprochen hatte, spürte sie die eiskalte Berührung. Eine bleiche Hand griff sie fest am Genick, die Kälte durchdrang ihre Haut und ließ sie erstarren. Sie hatte diesen Griff schon einmal gespürt – er war ihr vertraut, und doch jagte er ihr immer wieder Angst ein. **Vlad.**

Bevor sie reagieren konnte, fühlte sie, wie sie von den starken Armen ihres Vaters hochgezogen wurde. Mit einer unglaublichen Geschwindigkeit schwang sich Vlad mit Donja in die Luft. Seine Augen glühten vor Wut, und seine Bewegungen waren so geschmeidig wie die eines Raubtieres. Die Welt um sie herum wurde zu einem verwirrenden Strudel aus Lichtern und Schatten, als sie in den Nachthimmel aufstiegen.

„**Nein!**" rief Donja, als sie Johannes unten auf der Straße zurückließ. Sein Gesicht war eine Maske des Schocks und der Verwirrung, als er zusah, wie seine Freundin von der Erde gehoben wurde – nicht von einem Helikopter oder durch Magie, sondern von einem Mann, der mit der Schwerkraft zu spielen schien.

„**Rumänien!**" rief Donja noch, so laut sie konnte, während sie hoch in den Himmel schoss. Ihre Stimme wurde von der Luft verschluckt, aber Johannes konnte das Wort gerade noch hören, bevor sein Bewusstsein sich verabschiedete.

In einem Moment reiner Verzweiflung versuchte er, nach ihr zu greifen, doch bevor er auch nur einen Schritt machen konnte, wurde er von dem LKW erfasst. Der Kotflügel des Fahrzeugs traf seinen Kopf hart, und er fiel sofort zu Boden. Blut sickerte langsam aus einer Wunde am Hinterkopf, während sein Körper reglos auf dem Asphalt lag. Die Welt um ihn herum wurde schwarz, und das Chaos auf der Straße löste sich in Stille auf.

Hoch oben in den Lüften, während Berlin unter ihnen in Panik verfiel, trug Vlad Donja fort. Sie versuchte, sich aus seinem Griff zu befreien, doch er war viel zu stark. Der Wind peitschte um sie herum, die Lichter der Stadt wurden zu fernen Punkten, während die Nacht sich um sie legte.

„Du kannst nicht vor deinem Schicksal fliehen, Donja," knurrte Vlad in ihr Ohr, seine Stimme tief und eindringlich. „Du hast die Wahl — komm mit mir nach Hause oder sieh zu, wie dein Sterblicher zugrunde geht."

Donja kämpfte gegen den Kloß in ihrem Hals an. **Johannes…** War er bereits tot?

Kapitel 13: Das zerbrochene Gedächtnis

Johannes erwachte langsam aus der Dunkelheit, seine Augenlider schwer wie Blei. Ein scharfer, greller Geruch durchzog die Luft, und das rhythmische Piepen von Monitoren durchdrang die Stille des

Raumes. Seine Gedanken waren verschwommen, wie durch Nebel verdeckt, und jeder Versuch, sich zu erinnern, brachte nur Kopfschmerzen.

Er spürte, wie etwas über seinen Kopf hinweg zu ziehen schien – Schmerz, dann Taubheit, als ob ein Teil von ihm fehlte. Seine Stirn war von einem Verband umwickelt, der Druck ausübte. Für einen Moment wusste er nicht, wo er war oder was passiert war. Die leuchtenden Lichter des Krankenhauses wirkten surreal, fast wie in einem Traum.

Langsam hob er eine Hand zu seinem Kopf, als ein Pfleger den Raum betrat. „Ah, Herr Baier, Sie sind wach," sagte der Pfleger, während er vorsichtig an den Monitoren herumhantierte.

„Wo... wo bin ich?" fragte Johannes, seine Stimme heiser. „Was... was ist passiert?"

Der Pfleger sah ihn besorgt an. „Sie hatten einen

Unfall, Herr Baier. Ein schwerer Zusammenstoß mit einem LKW. Es war... ziemlich kritisch. Sie hatten schwere Kopfverletzungen. Aber keine Sorge, Sie sind in den besten Händen gewesen."

Johannes blinzelte und versuchte, sich zu erinnern. „Ein... Unfall?"

„Ja," bestätigte der Pfleger. „Ihr Gedächtnis ist möglicherweise etwas... beeinträchtigt. Sie wurden am offenen Gehirn operiert, um die Blutungen und Verletzungen zu behandeln. Aber alles sieht gut aus. Jetzt brauchen Sie nur noch Ruhe und Zeit."

Ein Unfall. Johannes ließ die Worte in seinem Kopf widerhallen, doch sie fühlten sich falsch an, als ob sie nicht ganz zu ihm gehörten. Die Erinnerungen schienen wie in einem tiefen Loch gefangen. **Wer war er gewesen vor dem Unfall?** Er suchte verzweifelt nach Anhaltspunkten in seinem Verstand, aber alles, was er fand, war Leere.

Während Johannes in Deutschland um seine verlorenen Erinnerungen kämpfte, bereitete sich in den weiten, nebelverhangenen Hügeln Rumäniens eine ganz andere Art von Schicksal vor. Die alte Burg von Graf Stanislav, ein imposantes Anwesen, das sich wie eine dunkle Silhouette gegen den Horizont abzeichnete, erwachte zum Leben. Bedienstete huschten durch die großen Hallen, bereiteten die große Halle für das wichtigste Ereignis vor, das diese Mauern seit Jahrhunderten erlebt hatten: die Hochzeit von **Donja des Dracheneis von Romania** mit **Graf Stanislav von Bran.**

Die beiden Vampirfamilien, Vlad Donja und Stanislav von Bran, hatten eine Allianz geschmiedet, um ihre mächtigen Ländereien und Reichtümer zusammenzulegen. Diese Hochzeit, geplant für den nächsten Neumond, war das Symbol ihrer Vereinigung. **Donja** sollte Stanislav heiraten, und damit würde die Macht ihrer Väter weiter gestärkt werden. Doch für Donja war diese Hochzeit nichts als ein weiterer Käfig, aus dem sie nicht entkommen konnte.

Sie stand in einem der hohen Türme der Burg und blickte über das Land, das bald Teil ihres Lebens werden sollte. Die kühle Abendluft wehte durch die offenen Fenster, doch sie spürte keine Erleichterung. Ihre Gedanken waren schwer, und ihre Augen, die auf den Horizont gerichtet waren, sahen etwas anderes: **Johannes.**

Seit dem Moment, als ihr Vater sie gewaltsam aus Berlin weggebracht hatte, war sie von Sorge und Schuld geplagt. Sie wusste nicht, ob Johannes überlebt hatte. Sie hatte ihn auf der Straße zurückgelassen, verletzt und allein. Ihr Herz zog sich zusammen bei dem Gedanken, dass er sie vielleicht nicht überlebt hatte. Doch tief in ihrem Inneren wollte sie glauben, dass er noch lebte, dass er noch irgendwo da draußen war.

„Meine Tochter," kam plötzlich eine Stimme von der Tür. Vlad Donja trat ein, elegant gekleidet wie immer, seine Augen kalt, aber in ihnen lag auch etwas, das einem Anflug von Mitleid ähnelte. „Alles ist vorbereitet. In wenigen Tagen wirst du Stanislav heiraten, und wir werden mächtiger sein als je zuvor. Es ist ein kluger Schritt."

Donja drehte sich langsam zu ihm um, ihre Augen voller Groll und Resignation. „Ich werde diesen alten Mann nicht heiraten. Du kannst mich nicht zwingen."

Vlad trat näher, und seine Stimme wurde sanft, fast väterlich. „Du hast keine Wahl, Donja. Die Allianz zwischen unseren Familien ist zu wichtig. Du weißt, was auf dem Spiel steht."

Donja schüttelte den Kopf. „Es interessiert mich nicht. Ich werde ihn nicht heiraten. Ich will nicht dein Werkzeug sein."

Für einen Moment herrschte Stille, dann trat Vlad noch einen Schritt näher. „Johannes lebt," sagte er plötzlich, und Donjas Herz setzte einen Schlag aus. „Aber er erinnert sich nicht an dich. Er ist nichts weiter als ein Mensch, der glaubt, einen Autounfall gehabt zu haben. Er ist sicher in seiner sterblichen Welt. Und du... gehörst zu unserer Welt."

Donja starrte ihren Vater an, ihre Hände zitterten leicht. **Johannes lebte.** Aber er erinnerte sich nicht an sie. Nicht an die Momente, die sie geteilt hatten. Nicht an die gefährliche Anziehung, die sie beide in den Abgrund gezogen hatte.

„Warum tust du das?" fragte sie mit leiser Stimme. „Warum zerstörst du alles, was mir etwas bedeutet?"

Vlad seufzte schwer, als ob er den Schmerz in ihrer Stimme spüren würde. „Weil es notwendig ist. Du musst deinen Platz an meiner Seite einnehmen, Donja. Deine menschlichen Gefühle sind bedeutungslos in unserer Welt."

Donja senkte den Kopf, die Verzweiflung überwältigte sie. Sie wollte fliehen, wollte weg aus dieser düsteren Burg, weg von dem Schicksal, das ihr auferlegt worden war. Doch der Gedanke an Johannes, allein und ohne Erinnerung an sie, ließ sie innehalten.

„Morgen beginnen die letzten Vorbereitungen," sagte Vlad schließlich. „Ich hoffe, du wirst bis dahin klug genug sein, deine Rolle zu akzeptieren."

Mit diesen Worten drehte er sich um und verließ den Raum, seine Schritte hallten durch die leeren Flure.

In der Zwischenzeit lag Johannes in seinem Krankenhausbett, sein Blick leer auf die Decke gerichtet. Die Welt um ihn herum fühlte sich fremd und unerreichbar an. Es gab keine Erinnerungen, die ihn trösteten, keine Menschen, die er kannte. Nur das Gefühl, dass etwas fehlte.

Und irgendwo tief in ihm, in einem Winkel seines Verstandes, der noch von der Operation gezeichnet war, regte sich eine vage Erinnerung – eine Erinnerung an braune Augen und ein Flüstern, das ihn an einen Ort rief, den e⁻ nicht kannte: **Rumänien**.

Aber als er versuchte, diese Erinnerung zu greifen, verschwand sie wieder in der Dunkelheit, die sein Leben umgab.

Kapitel 14: Der alte Ad er erhebt sich

Graf **Stanislav von Bran**, der älteste und mächtigste der Adler-Vampire, war kein Mann, den etwas so Banales wie der Widerstand seiner Verlobten aus der Ruhe bringen konnte. Er hatte in seiner langen Existenz mehr als genug Zeit gehabt, Donja kennenzulernen. Sie war widerspenstig, stur und unabhängig – Eigenschaften, die sie bereits vor Jahrhunderten ausgezeichnet hatten. Und doch war sie auch eine der wenigen, die seine Aufmerksamkeit und, in gewisser Weise, seine Bewunderung auf sich gezogen hatten. Trotz ihrer Unabhängigkeit hatte sie immer gewusst, wie man sich den Regeln ihrer Welt beugte. **Zumindest bis jetzt.**

Die Nachricht, dass Donja sich gegen die bevorstehende Hochzeit sträubte, brachte ihn also nicht aus der Fassung. Er seufzte nur tief, als er in seiner dunklen Gruft die Kunde vernahm, und erhob sich, gestützt auf seinen schweren, reich verzierten Krückstock. Sein Körper war nicht mehr so kräftig wie in den jüngeren Jahren seiner Unsterblichkeit. Doch was ihm an physischer Stärke fehlte, machte er durch seine Jahrhunderte alte List und Erfahrung wett.

„Ah, Donja," murmelte er leise, während er sich in den mit dicken Samtvorhängen verhangenen Speisesaal seiner Burg schleppte. „Du warst schon immer ein kleines Problem."

Sein Speisesaal war eine düstere, prunkvolle Halle, die reich mit Jagdtrophäen und dunklen, schweren Möbeln ausgestattet war. In der Mitte des Saals stand ein langer Tisch, gedeckt mit schwerem Silbergeschirr und Kerzenleuchtern. Doch seine größte Freude erwartete ihn an der Tafel selbst: Eine Auswahl an jungen Frauen aus den umliegenden Dörfern, sorgfältig von seinen Dienern für ihn ausgewählt. Die „Dorfschönheiten", wie sie oft genannt wurden, standen starr und mit leerem Blick, eingeschüchtert und unfähig, zu verstehen, welches Schicksal ihnen bevorstand

Mit jedem Schritt, den Stanislav tat, knarrten die alten Holzdielen unter seinen Füßen, und seine kalten, grauen Augen glitten hungrig über die zitternden Gestalten. Sie waren jung, frisch, voller Leben – genau so, wie er es liebte. Er spürte, wie ihm das Wasser im Munde zusammenlief, als er sich näherte.

„Ein ausgezeichnetes Frühstück," murmelte er zufrieden und setzte sich schwerfällig an die Tafel. „Ihr habt mir heute eine gute Auswahl gebracht."

Stanislav nahm sich Zeit. Er war nicht nur ein Vampir,

er war ein Genießer, und er wählte sorgsam aus, wen er als Erstes kosten wollte. Er betrachtete die Frauen, deren Augen sich panisch umherbewegten, als seine Aufmerksamkeit auf ihnen ruhte. Mit einem knappen Wink deutete er auf die erste, eine junge Frau mit kastanienbraunem Haar und blasser Haut.

Seine Diener führten sie zu ihm, und er ergriff ihre Hand, als ob er ein Gentleman wäre, der sie zum Tanz aufforderte. Doch anstatt zu tanzen, neigte er sich langsam zu ihrem Hals hinab und versenkte seine langen, scharfen Zähne in ihrem zarten Fleisch. Ein leises Stöhnen entwich ihr, bevor sie bewusstlos in seinen Armen zusammensank. Stanislav trank langsam, genüsslich, und ließ den Geschmack ihres frischen Blutes in sich einsickern, während er den Raum beobachtete.

Nach dem ausgiebigen Mahl, das ihn sichtlich belebte, ließ er seine Diener die bewusstlose junge Frau wegschaffen. Zufrieden leckte er sich die Lippen und griff nach einem Kelch mit altem, verstaubtem Wein, der neben ihm stand. Der Tag begann gut, doch es gab noch viel zu tun.

Nach dem Frühstück ließ Stanislav seine alte,
verstaubte Kutsche vorfahren. Es war eines der
letzten Relikte seiner glorrechen Jugend, als er
selbst noch voller Kraft durch die weiten Ländereien
galoppierte. Doch diese Tage waren vorbei. Nun,
gestützt auf seinen Krückstock, bestieg er die
Kutsche mit der Würde eines Königs, dessen Reich
ihm in jeder Hinsicht gehorchte.

„Wir machen einen Ausflug in die
Dörfer," verkündete er seinen Dienern, die stumm
nickten. „Ich werde sehen, welche der lokalen
Köstlichkeiten ich noch für die Hochzeit genießen
kann."

Für ihn war das ein einfaches Ritual – die Dörfer
seiner Ländereien waren stets eine zuverlässige
Quelle an frischen, menschlichen Opfern. Die
Menschen lebten in ständiger Angst vor ihm, dem
Grafen, der nachts seine Diener ausschickte, um die

schönsten jungen Frauen in sein Schloss zu bringen. Doch sie wagten es nicht, sich gegen ihn zu wehren, denn sie wussten, dass sein Zorn für ihre Gemeinschaften verheerend sein konnte.

Die Kutsche holperte über die steinigen Pfade, und Stanislav sah aus dem kleinen Fenster hinaus, während die weiten, düsteren Wälder der Karpaten an ihm vorbeizogen. Er genoss diese Fahrten. Es erinnerte ihn daran, dass er immer noch Macht hatte, dass er immer noch über die Ländereien herrschte, selbst wenn er langsam alterte.

In jedem Dorf, das sie erreichten, wählten seine Diener sorgsam die „Speisen" aus – junge Frauen, die noch nicht durch harte Arbeit gezeichnet waren, mit makelloser Haut und kräftigem Blut. Sie wurden zur Burg gebracht, wo Stanislav sie für seine Mahlzeiten in den kommenden Wochen reservierte. Die Vorbereitungen für die Hochzeit wurden akribisch fortgesetzt, und Graf Stanislav sorgte dafür, dass es ihm in dieser Zeit an nichts fehlte.

Doch während Stanislav sich auf seine bevorstehende Hochzeit freute, wuchs in Donja der Widerstand. Sie fühlte sich gefangen, wie ein Tier, das in einem Käfig gehalten wurde, den sie nie gewollt hatte. **Stanislav war ein Monster, alt und verkommen.** Es war eine schreckliche Zukunft, die ihr bevorstand, doch sie wusste, dass sie nicht entkommen konnte. Ihr Vater hatte es so entschieden, und in der Welt der Vampire war es ein unausweichliches Schicksal.

Was sie jedoch nicht wusste, war, dass Stanislav trotz seiner Vorbereitungen und trotz seines jahrhundertealten Alters sich ihrer Widerspenstigkeit bewusst war. Und wie in all den Jahrhunderten zuvor, sah er dies nicht als eine Gefahr, sondern als eine Herausforderung – eine Herausforderung, die er mit Geschenken, Macht und Geduld zu meistern gedachte.

Die Hochzeitsvorbereitungen gingen weiter, und

Stanislav, der alte Adler, der immer noch das Gefühl
liebte, über seinen Gebieten zu schweben, bereitete
sich darauf vor, Donja zu seiner Braut zu machen,
ganz gleich, wie sehr sie sich wehrte.

Kapitel 15: Gefangen in der Dunkelheit

Donja saß am Fenster ihres Turmzimmers und blickte
hinaus über die nebligen Weiten der Karpaten. Der
Himmel war grau und drückend, die Berge
verschwanden hinter einem Vorhang aus kaltem,
undurchdringlichem Nebel. Das Gefühl der Isolation
umhüllte sie, und die Mauern des Turms schienen
sich mit jedem Moment enger um sie zu schließen.
Gefangen, dachte sie bitter. **Gefangen wie
immer.**

Ihr Vater, Vlad Donja, hatte es ihr untersagt, den
Turm zu verlassen. Seit er das **Amulett der
Drachenkönigin** an sich genommen hatte, war
Donja machtlos. Sie wusste, dass er mit diesem
Amulett ihre Existenz beenden konnte – mit einem
einzigen Blick auf das mächtige Relikt könnte er sie
zu Staub zerfallen lassen. Und diesmal war sie sich
sicher, dass er es tun würde, wenn sie ihm zu trotzen

wagte. Johannes, ihr einziger Lichtblick in dieser düsteren Welt, war für Vlad keine Option gewesen. **Der „Unfall" hatte das Problem gelöst.** Johannes litt an Amnesie und erinnerte sich weder an sie noch an den Abend, an dem alles aus den Fugen geraten war. Vlad hatte dafür gesorgt, dass es keinen Weg zurück gab.

Für Vlad gab es nur eine akzeptable Zukunft: die Hochzeit mit Graf **Stanislav von Bran**. Diese Hochzeit war seit Jahrhunderten geplant und würde die Macht ihrer beiden Familien vereinen. Es gab keine Alternativen. Donja hatte das Gefühl, dass ihr Leben, ihr Schicksal, bereits vor Jahrhunderten besiegelt worden war – lange bevor sie sich in Johannes verliebt hatte, lange bevor sie von einem anderen Leben träumen konnte.

Sie drehte sich vom Fenster weg und ließ sich auf das alte, schwere Bett sinken. Die Luft im Raum war kalt und schwer, genau wie ihre Gedanken. **Was sollte sie jetzt tun?** Es gab keinen Ausweg aus diesem Turm, keinen Fluchtplan, der ihr jemals eingefallen war. Ihr Vater war zu stark, zu mächtig, und mit dem Amulett in seinen Händen war sie in jeder Hinsicht seine Gefangene.

Johannes… Sein Name hallte in ihrem Kopf wider, und sie fühlte einen scharfen Schmerz, der ihr Herz durchbohrte. Sie hatte geglaubt, dass er tot war, nach dem schrecklichen Angriff in Berlin, als ihr Vater sie aus den Armen von Johannes gerissen und in den Nachthimmel getragen hatte. Doch als Vlad ihr gesagt hatte, dass Johannes überlebt hatte, nur um alle Erinnerungen an sie zu verlieren, war es, als wäre ein Teil von ihr gestorben. Es wäre leichter gewesen, hätte Vlad ihn getötet. Aber Johannes lebte, ein Schatten seiner selbst, ohne Wissen über das, was sie miteinander geteilt hatten.

Es war Vlad gewesen. Donja wusste, dass ihr Vater es so eingerichtet hatte. Er hatte Johannes bewusst am Leben gelassen, um ihn von ihr fernzuhalten – ohne Erinnerung, ohne Hoffnung. Es war sein letzter, grausamer Zug, um sie endgültig unter seine Kontrolle zu bringen.

„Du hast keine Wahl", hatte Vlad ihr gesagt, als er sie

in diesem Zimmer eingeschlossen hatte. „Deine menschlichen Gefühle sind bedeutungslos. Du wirst Stanislav heiraten, und diese Verbindung wird unsere Macht für immer sichern."

Donja schloss die Augen und ließ die kalte Realität auf sich wirken. Sie wusste, dass Vlad alles tun würde, um sicherzustellen, dass sie seinen Befehlen folgte. Er war nicht mehr der Vater, den sie in ihrer Kindheit gekannt hatte. Die Macht und der Stolz hatten ihn über die Jahrhunderte hinweg zu etwas Unerbittlichem gemacht, etwas, das keine Gnade kannte.

Aber was konnte sie tun? Sich widersetzen war unmöglich. Vlad hatte das Amulett, das einzige Mittel, das sie jemals gehabt hatte, um sich zu verteidigen. Ohne es war sie ihm vollkommen ausgeliefert.

Der Tag der Trauung rückte immer näher. Die Diener kamen regelmäßig, brachten Essen, das Donja nicht anrührte, und kostbare Kleider, die sie tragen sollte. In der großen Halle unter ihr liefen die Vorbereitungen auf Hochtouren. Stanislav hatte bereits seine Geschenke schicken lassen: prächtige Colliers aus Smaragden, Diamanten und Rubinen – Symbole seines Reichtums und seiner Macht. Die Edelsteine sollten ihre Schönheit unterstreichen, ihren Stolz und ihr Temperament würdigen, wie Vlad es stolz verkündet hatte.

Doch all diese Geschenke, all die Vorbereitungen, fühlten sich für Donja leer und bedeutungslos an. Sie waren nichts weiter als Ketten, die sie an ein Leben fesselten, das sie nie gewollt hatte. Der Gedanke, dass Stanislav sie in wenigen Tagen zu seiner Braut machen würde, ekelte sie an. Er war alt, grausam und verkommen. Seine vampirischen Fähigkeiten mochten stark sein, aber seine Seele war längst verdorben.

Würde sie wirklich ihr Leben mit ihm verbringen müssen? Das Gefühl der Hoffnungslosigkeit überwältigte sie, und sie fühlte sich, als ob sie in einem dunklen Abgrund versank, aus dem es kein Entrinnen gab. Ihr Herz schrie nach Freiheit, nach einem Leben jenseits der düsteren Mauern dieser alten Welt.

In den Nächten lag Donja wach und lauschte dem Wind, der um die alten Mauern des Schlosses heulte. Manchmal glaubte sie, Schritte in den Korridoren zu hören, das Flüstern der Vergangenheit, das in den Wänden der Burg lebte. In diesen stillen Momenten dachte sie an Johannes, an die Möglichkeit, dass er irgendwo lebte, auch wenn er sie nicht mehr kannte. Es gab nichts mehr, was sie ihm bieten konnte, nichts mehr, was sie tun konnte, um ihn zurückzuholen. Aber tief in ihrem Herzen spürte sie, dass er ihr fehlte – selbst wenn er nie mehr zu ihr finden würde.

Doch die Frage, die sie quälte, war nicht nur die nach ihrer eigenen Freiheit, sondern auch, ob sie jemals wieder etwas anderes als Dunkelheit sehen würde. Sollte sie wirklich aufgeben? Sollte sie sich Vlad und

Stanislav fügen und die Person werden, die sie nie sein wollte?

Oder gab es doch noch einen Weg?

Die Tage vergingen, und Donjas Entscheidung rückte näher. **Der Neumond**, der Tag der Hochzeit, würde bald kommen.

Kapitel 16: Verlorene Erinnerungen

Johannes saß in einem schlichten Sessel am Fenster der Rehabilitationsklinik und starrte hinaus. Die Sonne schien durch die großen Fenster, aber er nahm das Licht kaum wahr. Sein Blick war leer, gefangen in den Wirren seiner eigenen Gedanken, die sich um nichts Greifbares zu drehen schienen. Die Ärzte hatten ihm erklärt, dass es normal sei, nach einer so schweren Kopfverletzung an Amnesie zu leiden. Aber was war schon normal an dem Zustand, in dem er sich befand?

Seine Karriere als Herzchirurg, die er sich mühsam

aufgebaut hatte, war vorbei – das war ihm klar. Seine Hände, einst so sicher und präzise, zitterten jetzt leicht, als wäre auch die Kontrolle über seinen eigenen Körper erschüttert worden. Die Fähigkeit, Leben zu retten, war ihm genommen worden. **Aber was bedeutete das überhaupt?** Er erinnerte sich an nichts mehr. Weder an die letzten Operationen, die er durchgeführt hatte, noch an den Menschen, der er einmal gewesen war.

Die Träume jedoch – die waren real. Zu real.

Jede Nacht seit seiner Ankunft in der Reha war er in demselben Albtraum gefangen. Ein Schloss auf einem Hügel, umgeben von einem düsteren, nebelverhangenen Gebirge. Es war ein kalter, dunkler Ort, und doch fühlte sich Johannes seltsam vertraut damit. In diesen Träumen befand er sich auf einer Hochzeit, als Gast, aber irgendetwas war falsch. Die Braut, ganz in Weiß gekleidet, trug einen Schleier, der ihr Gesicht verhüllte. Und obwohl er ihr Gesicht nicht sehen konnte, konnte Johannes das Gefühl nicht abschütteln, dass er sie kannte.

Er wusste nicht, woher dieses Schloss kam oder warum es in seinen Träumen auftauchte, aber jedes Mal, wenn er erwachte, war sein Körper schweißgebadet, und er spürte, wie sich sein Herz anfühlte, als würde es gleich explodieren. Die Ärzte gaben ihm Beruhigungsmittel, um die Panik zu unterdrücken, aber die Angst ließ sich nicht so leicht dämpfen. Die Träume waren so intensiv, dass sie sich wie Erinnerungen anfühlten – doch wie konnten Erinnerungen so fremd und doch vertraut sein?

Anfangs hatten die Ärzte seine Träume als gewöhnliche posttraumatische Erscheinungen abgetan, die mit dem Unfall zusammenhingen. Doch als die Wochen vergingen und Johannes' Zustand sich nicht besserte, begannen sie, besorgter zu werden. Seine Verwirrung nahm zu, und obwohl er körperlich Fortschritte machte, war sein Geist weiterhin gefangen in den Schatten seiner Amnesie.

Eines Abends, nach einem besonders schlimmen Albtraum, betrat Dr. Weber der behandelnde Psychiater der Rehaklinik, sein Zimmer. Johannes saß aufrecht in seinem Bett, seine Hände zitterten, und sein Gesicht war bleich vor Angst. Er war schweißgebadet, und seine Atmung ging schwer und ungleichmäßig.

„Wie geht es Ihnen heute Abend, Johannes?" fragte Dr. Weber vorsichtig und nahm einen Stuhl, um sich ihm gegenüberzusetzen.

Johannes blickte auf, seine Augen müde und gequält. „Die Träume… sie hören nicht auf." Seine Stimme klang hohl, als ob jedes Wort eine Anstrengung bedeutete. „Das Schloss, die Hochzeit... die Braut… Ich weiß, dass ich sie kenne Aber ich kann mich nicht erinnern…"

Dr. Weber nickte und sah ihn mit einem Ausdruck tiefer Sorge an. „Sie haben schon oft von diesen Träumen erzählt. Es ist nicht ungewöhnlich, dass das Gehirn nach einer solchen Verletzung komplexe, wiederkehrende Bilder erzeugt. Aber wir müssen sicherstellen, dass Sie sich nicht zu sehr darauf fokussieren. Ihre körperliche Genesung ist wichtig, aber Ihre psychische Gesundheit muss ebenfalls stabil bleiben."

„Es fühlt sich nicht an wie ein Traum," sagte Johannes leise. „Es fühlt sich an, als ob ich dort war. Dieses Schloss… es ist real. Ich weiß es. Und die Braut… ich kenne sie. Ich… ich kann es nicht erklären, aber ich fühle es."

Dr. Weber beobachtete ihn aufmerksam und seufzte. „Johannes, wir haben darüber gesprochen. Ihre Verletzungen waren sehr schwer, und es wird noch Zeit brauchen, bis sich Ihr Gedächtnis vollständig erholt. Es ist möglich, dass diese Bilder Fragmente von Erinnerungen sind, die sich vermischen. Vielleicht sind es nur symbolische Darstellungen, die Ihr Verstand kreiert."

Johannes schüttelte den Kopf. „Nein. Es ist mehr als das. Es ist, als ob ich…" Er verstummte und starrte ins Leere. „Es ist, als ob ich etwas verloren habe. Jemanden verloren habe."

Dr. Weber blickte auf seine Notizen. Johannes hatte nie von einer Beziehung oder einer Frau gesprochen, die er vor dem Unfall gekannt hatte. Tatsächlich erinnerte er sich an fast gar nichts aus seinem früheren Leben. Doch diese Träume von einer Braut und einem düsteren Schloss beunruhigten ihn. **War das Gehirn einfach dabei, auf irgendeine tiefere, verborgene Erinnerung zuzugreifen, oder war es etwas anderes?**

„Wir müssen über die Möglichkeit nachdenken," sagte Dr. Weber vorsichtig, „dass diese Träume mehr sind als nur das Produkt Ihrer Verletzungen. Wir haben darüber nachgedacht, Sie für eine Weile in eine spezialisierte Einrichtung zu verlegen, die sich auf psychische Erholung konzentriert. Eine stationäre psychiatrische Behandlung könnte helfen, diese Verwirrung zu klären."

Johannes starrte ihn entsetzt an. „Die Psychiatrie?" Das Wort fühlte sich schwer und schmerzhaft an. **War er wirklich verrückt geworden?** „Ich bin doch nicht verrückt, ich…" Er hielt inne. „Ich weiß, dass diese Träume real sind. Irgendwo da draußen ist dieses Schloss. Und diese Frau… ich weiß, dass ich sie kenne."

„Beruhigen Sie sich," sagte Dr. Weber sanft, „niemand sagt, dass Sie verrückt sind. Aber wir wollen sicherstellen, dass Sie die bestmögliche Unterstützung bekommen."

Johannes nickte widerstrebend, aber die Verzweiflung wuchs in ihm. **Waren es wirklich nur Träume? Oder waren es verlorene Erinnerungen, die versuchten, sich wieder in sein Bewusstsein zu drängen?**

Die Nächte vergingen, und die Träume wurden

intensiver. Jede Nacht war das Schloss etwas klarer, die Braut etwas näher, aber ihr Gesicht blieb verborgen hinter dem dichten Schleier. Johannes erwachte schweißgebadet, seine Hände zitternd, und die Bilder verblassten, bevor er sie vollständig begreifen konnte. Es war, als ob etwas in ihm versuchte, die Wahrheit zu enthüllen – doch er konnte nicht darauf zugreifen.

In einem besonders intensiven Traum hörte er das Flüstern eines Namens. **Donja.** Der Name hallte in seinem Kopf wider, als ob er ihn schon tausend Mal gehört hätte, aber als er aufwachte, war der Name wieder verschwunden, wie Sand, der durch seine Finger rann.

„Donja…" flüsterte er in die Dunkelheit seines Zimmers, seine Stirn voller Schweiß. **Wer war sie? **

Die Ärzte befürchteten, dass Johannes in die Psychiatrie überwiesen werden musste, doch tief in seinem Herzen wusste er, dass er sich nicht von diesen Träumen abwenden konnte. **Sie waren der Schlüssel zu seiner Vergangenheit – und zu der Wahrheit, die irgendwo in den Schatten auf ihn wartete.**

Kapitel 17: Erinnerungen an die Ewige Liebe

Vlad Donja saß zufrieden auf seinem dunklen Thron im Herzen seiner gewaltigen Burg und ließ seinen Blick über den Thronsaal gleiten. Die Vorbereitungen für die Hochzeit seiner Tochter Donja waren in vollem Gange, und die Halle war erfüllt von der geschäftigen Aktivität der Diener und Helfer. Es war ein majestätisches Fest, das alle Erwartungen übertraf. **Hochzeiten unter Vampiren** waren seltene und bedeutungsvolle Ereignisse – und die Feierlichkeiten dauerten einen ganzen Monat. Am letzten Tag erst würde die eigentliche Trauung stattfinden, die die beiden mächtigsten Vampirfamilien vereinen sollte.

Vlad beobachtete mit einem leichten, zufriedenen Lächeln, wie junge Mädchen aus den umliegenden Dörfern durch den Saal geführt wurden. Sie waren die Hauptspeise für die Festtage. **Hübsch, unschuldig und voller Leben**, genau wie es sich für solch ein bedeutendes Fest gehörte. Doch diesmal, zur Feier des Anlasses, hatte man auch einige junge Männer eingeladen – eine Ausnahme, denn normalerweise wurden diese für schwerere Arbeiten, wie die Feldarbeit oder die Reparaturen an den alten Mauern, aufbewahrt. Aber eine Hochzeit wie diese kam nur einmal im Leben eines Vampirs vor, und die Feierlichkeiten mussten entsprechend prächtig sein.

Seine Augen wanderten durch den Saal, doch dann fielen sie auf das Gemälde zu seiner Rechten. Es war ein altes Porträt, fast so alt wie er selbst. Auf dem Bild war eine wunderschöne Frau zu sehen, deren Gesicht ihn jedes Mal, wenn er es betrachtete, wie ein Dolch traf. **Sophia**, die Mutter von Donja. Sie sah ihrer Tochter so ähnlich, als ob die Zeit sich in einer Schleife wiederholte. Die gleiche anmutige Gestalt, die gleiche zarte Haut und die durchdringenden braunen Augen, die tiefere Wahrheiten zu bergen schienen. Wenn er Donja ansah, konnte er nicht anders, als sich an Sophia zu erinnern – und an das große Versprechen, das er ihr gegeben hatte.

Vlad dachte an den Tag zurück, als Donja geboren wurde. **Sophia**, eine Sterbliche, war zu schwach gewesen, um ein Vampirkind zur Welt zu bringen. Ihr menschlicher Körper hatte dem übernatürlichen Wesen, das in ihr wuchs, nicht standhalten können. Doch mit unendlicher Willenskraft hatte sie es geschafft, ihrer kleinen Tochter das Leben zu schenken. In den letzten Momenten ihres Lebens hatte sie Vlad gebeten, immer gut auf ihre Tochter aufzupassen, und er hatte es ihr an ihrem Sterbebett versprochen.

„Ich verspreche es dir," hatte Vlad gesagt, während er ihre kühle Hand hielt und ihren letzten Atemzug spürte. „Ich werde immer für Donja sorgen."

Sophia hatte sanft gelächelt, erleichtert von seinem Versprechen, und mit diesem Frieden in ihrem Herzen war sie aus dem Leben geschieden. **Vlad hatte sie geliebt**, wie er nie wieder jemanden lieben konnte. Sie war seine erste und einzige wahre Liebe gewesen, und er hatte sie viel zu früh verloren. Das Bild, das in seinem Thronsaal hing, war das

letzte, was ihm von ihr geb ieben war – abgesehen
von Donja.

Es war ein warmer Sommerabend gewesen, als
Vlad Sophia zum ersten Mal in Venedig gesehen
hatte. Der Geruch des Meeres mischte sich mit dem
Duft der Blüten, die überall in der Stadt wuchsen,
und die warme Luft trug den Klang von Musik und
Lachen durch die engen Gassen. **Venedig**, die
Stadt der Verlockungen und des Blutes, war eines
seiner Lieblingsjagdgebiete. Die Venezianerinnen
hatten einen besonders süßen Geschmack, und Vlad
hatte sich oft an ihnen erfreut.

Doch an jenem Abend war es anders gewesen. Er
hatte Sophia gesehen, eine junge, schöne Frau, die
allein durch die Gassen spazierte, ein Buch unter
dem Arm und die sanfte Brise in ihren Haaren. Sie
war so anders als die anderen. Es war nicht nur ihre
Schönheit, die ihn faszinierte – es war ihre Ruhe, die
Art, wie sie sich in dieser Stadt bewegte, als ob sie

mit den alten Geheimnissen der Mauern vertraut war. Sie war eine Theologiestudentin, wie er später erfuhr, und ihre Neugier auf die Welt und ihre Geheimnisse hatte ihn gefesselt.

Er erinnerte sich daran, wie er sie angesprochen hatte, wie sie ihm ohne Angst entgegengetreten war, obwohl er ein Fremder war. Sie hatte eine Art Weisheit in ihren Augen gehabt, die ihn sofort in ihren Bann gezogen hatte. Sie hatte ihn mit ihrer Intelligenz, ihrer Leidenschaft für das Leben und ihrer unerschütterlichen Liebe zu den Mysterien der Welt bezaubert. Sophia hatte ihm nicht nur ihre Liebe, sondern auch eine Tochter geschenkt – Donja, das einzige Erbe ihrer unsterblichen Verbindung.

Doch trotz all seiner Macht und all seines Wissens hatte er Sophia nicht retten können. Sie war gestorben, und er war mit dem Schmerz und dem Versprechen zurückgeblieben, das er ihr gegeben hatte. **Donja war alles, was ihm von ihr geblieben war**.

Jetzt, da er Donja mit Stanislav verheiraten sollte,
fühlte Vlad den Druck des Versprechens, das er einst
gegeben hatte, stärker denn je. Er war überzeugt,
dass dies das Beste für seine Tochter war. Stanislav
war alt, ja, aber er war mächtig. Die Allianz würde
ihre Familie stärken und Donja eine sichere Zukunft
garantieren. Sie würde nicht die gleichen Fehler
machen wie ihre Mutter, sie würde nicht sterben –
sie würde unsterblich an der Spitze der vampirischen
Welt stehen.

Doch tief in seinem kalten, unsterblichen Herzen
wusste Vlad, dass Donja nicht glücklich war. Sie war
widerspenstig, so wie ihre Mutter es gewesen war,
und sie wehrte sich gegen die Hochzeit. Doch
diesmal würde er keine Zugeständnisse machen.
Donja musste ihre Rolle erfüllen. Für ihre Sicherheit.
Für die Macht ihrer Familie **Für das Versprechen,
das er Sophia gegeben hatte.**

Er wandte seinen Blick vom Gemälde ab und stand

auf. Die Hochzeit musste perfekt sein, und nichts würde ihn davon abhalten, dieses Ziel zu erreichen. **Nicht einmal Donjas Widerstand**.

Er machte ein paar langsame, bedächtige Schritte durch den Saal und beobachtete die Festlichkeiten, die um ihn herum stattfanden. Die jungen Dorfschönheiten und die Männer, die ausgewählt worden waren, um die Feierlichkeiten zu „verschönern", wurden langsam durch den Saal geführt, bereit, ihren Beitrag zu leisten. Vlad spürte, wie die alte Macht durch seine Adern strömte, und wusste, dass das Fest seinesgleichen suchen würde.

Die Feierlichkeiten würden den ganzen Monat andauern – und am letzten Tag, beim nächsten Neumond, würde Donja Graf Stanislav heiraten. **Nichts konnte mehr dazwischenkommen.**

Doch tief in den Schatten seines Herzens, in dem

Teil, den er niemals zeigte, fragte sich Vlad, ob er es wirklich noch immer für **Donjas** Wohl tat – oder um das letzte verbliebene Stück seiner großen Liebe zu bewahren, das ihm die Welt nicht nehmen durfte.

Kapitel 18: Die dunkle Jagd

Der Himmel über den Karpaten begann bereits, einen hellen Schimmer zu zeigen, der den herannahenden Sonnenaufgang ankündigte. Der Wind trug den leichten Geruch von Tau und nassem Laub durch das offene Fenster von Donjas Turmzimmer. Sie stand am Fenster und beobachtete eine Gruppe junger Männer und Frauen, die zur Burg gebracht wurden. Vlad hatte es arrangiert, dass sie in den frühen Morgenstunden eintrafen, um noch mehr Nahrung und Unterhaltung für die Hochzeitsfeierlichkeiten bereitzustellen. **Ein Monat voller Feste, und die junge, fröhliche Gruppe war nur der Anfang.**

Donja beobachtete sie still, doch ihre Augen ruhten bald auf einem jungen Mann, der ihr sofort auffiel. Er war muskulös, braungebrannt und hatte blondes Haar, das im schwachen Licht glänzte. Seine Energie war stark, fast pulsierend, und seine Bewegungen hatten eine spielerische Leichtigkeit. **Genau ihr Typ.** Nicht für die Liebe, sondern für einen „Snack" – einen, der ihren Hunger stillen und ihr die Kraft zurückgeben würde, die sie in den letzten Tagen verloren hatte.

Ein schwacher Durst hatte sich in ihr eingenistet, als sie die Burg beobachtete. Das Blut in ihren Adern begann zu kribbeln, und der Gedanke, diesen jungen Mann zu kosten, ließ ihre vampirischen Instinkte erwachen. Sie blickte auf den kleinen offenen Spalt im Fensterrahmen, der bei einem Blitzeinschlag vor Jahren entstanden war. **Niemand außer ihr kannte diesen Weg hinaus.**

Donja entschied sich schnell. **Hunger ist stärker als Vernunft**, dachte sie, und sie konnte die Versuchung nicht länger ignorieren. Mit einem geschmeidigen, fließenden Ruck nahm sie ihre Fledermausgestalt an und schlüpfte durch den Spalt hinaus in die dunkle Nacht. Der enge Durchgang verletzte ihre Flügel leicht, als sie sich hindurchzwängte, aber sie ignorierte den Schmerz. Der verlockende Duft des jungen Mannes war zu stark, um ihn zu widerstehen.

Sie flatterte über den Burghof, unsichtbar in der
Dunkelheit, und landete unbemerkt inmitten der
fröhlichen Gruppe. Plötzlich löste sich ein schriller
Schrei aus der Menge, als die jungen Leute die
Fledermaus bemerkten. Panik breitete sich aus, und
sie rannten schreiend in Richtung der Burg, um
Schutz zu suchen. **Perfekt.**

Donja hatte es genau so geplant. Der junge Mann
war jetzt von der Gruppe getrennt, seine
Bewegungen wurden hektischer, als er alleine
versuchte, die große Scheune am Rande des
Anwesens zu erreichen. Er rannte und stolperte fast
in seiner Verwirrung, während Donja ihn mühelos
aus der Dunkelheit heraus verfolgte.

Als der junge Mann schließlich die Scheune erreichte,
hielt er inne, schwer atmend, während sein Herz wild
in seiner Brust pochte. Donja konnte sein kochendes
Blut förmlich riechen – es war wie ein
verführerisches Versprechen, das sie jetzt einlösen

würde. Aber sie wartete. **Geduld war eine Kunst, die sie über die Jahrhunderte gemeistert hatte.** Sie ließ ihn kurz zur Ruhe kommen, ließ ihn glauben, er sei sicher, während er versuchte, seinen Atem zu beruhigen.

Dann, in einem geschmeidigen Fluss von Bewegung, verwandelte sich Donja zurück in ihre menschliche Gestalt. Ihr langes, schwarzes Haar fiel über ihre Schultern, und ihre Augen leuchteten im schummrigen Licht der Scheune. Der junge Mann, der sich immer noch vom Schock erholte, sah sie an, und seine Augen weiteten sich vor Überraschung. Sie lächelte, ein Lächeln, das verlockend und gefährlich zugleich war.

„Bist du verloren?" fragte sie mit einer samtweichen Stimme, die ihn einlullte und seinen Instinkten widersprach.

Der junge Mann nickte nur stumm, seine Augen verzaubert von ihrem Anblick. Sie trat näher, und als sie seine Hand ergriff, spürte sie, wie sein Herz in einem wilden Rhythmus gegen seine Brust schlug. Er war stark, jung und voller Energie – genau das, was sie brauchte. Donja drängte ihn sanft gegen die Heuballen in der Ecke der Scheune, ihre Augen fixierten seine, und jede Bewegung war perfekt kontrolliert.

Er ergab sich ihrem Willen, und in der trügerischen Sicherheit ihrer Umarmung fiel jede Verteidigung von ihm ab. Donja lächelte sanft, bevor sie ihre Lippen an seinen Hals legte. Der Biss war leicht, fast zärtlich, aber tief und voller Verlangen. Sein Blut, warm und süß, strömte in ihren Mund, und Donja spürte sofort, wie neue Kraft in ihre Adern floss. Es war berauschend, das Leben, das er ihr schenkte, und sie nahm es, bis der junge Mann kraftlos zu Boden sank, blutleer und leblos.

Als Donja schließlich aufblickte, war der Himmel hellgrau. **Die Sonne ging auf.** Ein kaltes Gefühl durchzog ihren Körper. Sie wusste, dass sie nicht rechtzeitig in ihren Turm zurückkehren konnte – die ersten Strahlen der Sonne würden sie vernichten, bevor sie auch nur den Innenhof erreicht hatte. **Ein Fehler**, dachte sie. Aber sie war gesättigt und voller Energie.

Mit raschen Schritten suchte sie den hinteren Teil der Scheune auf und entdeckte ein Versteck unter den Heuballen. Die Sonne kroch langsam über den Horizont, und Donja konnte das Licht nicht ertragen. Sie zog sich tiefer in die Dunkelheit zurück, bis sie in völliger Finsternis lag, geschützt vor dem tödlichen Sonnenlicht.

Dort, in der warmen Umarmung des Heus, das ihren Körper bedeckte, schloss sie die Augen. **Die Jagd war gut gewesen.** Der junge Mann war ein köstlicher Snack, und der Hunger, der sie gequält hatte, war vorerst gestillt. Ihre Gedanken kreisten um die bevorstehende Hochzeit und die ausweglosen Umstände, denen sie bald gegenüberstehen würde. Doch in diesem Moment, satt und in der Sicherheit der Dunkelheit, konnte sie es sich erlauben, zu schlafen.

Der Tag war für sie verloren, aber die Nacht würde ihr wieder gehören.

Kapitel 19: Der letzte Ausweg

Der Morgen brach in der Rehabilitationsklinik mit der gewohnten Ruhe an. Die ersten Sonnenstrahlen fielen durch die Fensterscheiben und tauchten die Station in sanftes Licht. Doch als die Visite das Zimmer von Johannes betrat, wurde die morgendliche Routine jäh unterbrochen. **Johannes**, der Patient, der seit Wochen unter schwerer Amnesie und düsteren Träumen litt, stand vor seiner Zimmertür – einen Gürtel um seinen Hals geschlungen, dessen Ende an der Türklinke befestigt war.

Sein Gesicht war rot angelaufen, seine Augen weit geöffnet, und seine Hände klammerten sich verzweifelt an den Gürtel, als ob er gleichzeitig das Leben loslassen und es doch nicht aufgeben wollte. Es war ein Bild tiefster Verzweiflung.

„**Herr Baier!**" rief die Krankenschwester entsetzt und stürzte sofort auf ihn zu. Gemeinsam mit einem Pfleger gelang es ihr, den Gürtel loszubinden und Johannes auf den Boden zu legen. Er atmete schwer, sein Gesicht blass und schweißnass, während seine Augen leer und verwirrt ins Nichts starrten. Er murmelte etwas Unverständliches, doch eines war klar: **Er hatte versucht, sich das Leben zu nehmen.**

Der Chefarzt der Klinik, Dr. Weber, wurde sofort informiert, und er eilte in das Krankenzimmer. Als er Johannes auf dem Boden sah, den Gürtel noch neben ihm liegend, wurde ihm klar, dass die Situation ernster war, als sie bisher gedacht hatten. **Dies war mehr als nur ein Albtraum.**

Die Nacht war für Johannes die schlimmste gewesen, die er je erlebt hatte. **Der Traum vom Schloss, die düstere Hochzeit – sie waren zurückgekehrt, intensiver als je zuvor.** Diesmal stand er wieder als Gast inmitten des prunkvollen, düsteren Saals, die hohen, gotischen Fenster blickten auf eine stürmische, kalte Landschaft hinaus. Die Tische waren gedeckt, doch die Gesichter der Gäste waren verschwommen, als ob sie n Nebel gehüllt wären. Doch eine Gestalt war klar erkennbar: der Bräutigam. Groß, mächtig und unheimich stand er an Johannes' Seite, während sie beide auf die verhüllte Braut in Weiß starrten, die am anderen Ende des Saals auf ihren Auftritt wartete.

„Du kannst nur mit ihr zusammen sein, wenn du tot bist," hatte der Bräutigam ihm ins Ohr geflüstert, seine Stimme war tief und voller Bedrohung. „**Nur im Tod kannst du sie heiraten.**"

Diese Worte hatten Johannes wie ein Schlag getroffen. Der Wunsch, selbst der Bräutigam zu sein, war übermächtig geworden. **Es gab keine andere Möglichkeit, keinen anderen Ausweg mehr.** Er musste sterben, um die Frau seiner Träume, die schöne Unbekannte, die ihn in jeder Nacht heimsuchte, für immer an seiner Seite zu haben.

Es war der einzige Weg.

Als er schweißgebadet erwachte, spürte er, wie dieser Wunsch ihn vollkommen ergriff. Er hatte keine Klarheit mehr darüber, was real war und was nicht. Die Vorstellung, dass der Tod der einzige Weg zu dieser geheimnisvollen Braut war, verschmolz in seinem verwirrten Geist mit einer unentrinnbaren Wahrheit. Noch im Halbschlaf griff er nach dem Gürtel.

Nachdem die Krankenschwester und der Pfleger Johannes stabilisiert hatten, und die Visite abgesagt war, trat der Chefarzt der Klinik, Dr. Weber, an Johannes' Bett. **Das war der Wendepunkt.** Der Suizidversuch hatte ihm deutlich gemacht, dass Johannes eine ernsthafte Gefahr für sich selbst darstellte. Er konnte hier nicht länger in der Reha bleiben.

Dr. Weber entschied unverzüglich, dass Johannes in die geschlossene Psychiatrie verlegt werden musste. Die Halluzinationen, die Fantasien über das Schloss und die Monster darin – all das deutete darauf hin, dass seine psychische Verfassung weit schwerwiegender war, als sie anfangs angenommen hatten. Johannes war verwirrt und verzweifelt, und sein Wahn schien ihn fest im Griff zu haben.

„Herr Baier," begann Dr. Weber ernst, während Johannes auf dem Bett lag, „wir müssen Sie in eine andere Einrichtung verlegen, in der Sie die notwendige Unterstützung bekommen. Sie sind im Moment nicht in der Lage, für sich selbst zu sorgen, und Sie brauchen dringend intensivere Betreuung."

Johannes' Augen weiteten sich, als ihm die Bedeutung dieser Worte bewusst wurde.
„Nein," sagte er, seine Stimme voller Panik. „Ich bin nicht verrückt! Ich… ich muss es tun. Ich muss… zu ihr. Ihr versteht das nicht! Das Schloss… ich kenne es, ich… **ich muss dort hin.**"

144

Er versuchte, sich aus dem Bett aufzurichten, doch die Pfleger hielten ihn sanft, aber bestimmt zurück. Dr. Weber sah den zunehmenden Wahnsinn in Johannes' Augen und wusste, dass es keine andere Wahl gab.

„**Sie müssen in die Psychiatrie**," wiederholte der Arzt ruhig, obwohl er wusste, dass Johannes sich nicht fügen würde.

Johannes begann, sich zu wehren. „Nein! Ihr versteht es nicht! Ich bin nicht verrückt! Ich muss zu ihr… **sie wartet auf mich**!" Seine Stimme wurde lauter, panischer, während er um sich schlug und sich gegen die Pfleger wehrte, die ihn zurückhalten mussten. „Lasst mich los! Ich muss zu ihr!"

Selbst als sein Anwalt zu ihm kam, um ihm die rechtlichen Konsequenzen zu erklären, schloss er sich der Meinung des Chefarztes an. **Johannes war nicht mehr in der Lage, klar zu denken.** Seine fortwährenden Fantasien über das Schloss und die Kreaturen darin machten eine dringende Behandlung erforderlich. Selbst unter Beruhigungsmitteln wehrte er sich gegen die Entscheidung, bis zu dem Moment, als er im Krankenwagen fixiert wurde.

Im Inneren des Wagens, auf der schmalen Trage festgeschnallt, begann Johannes zu lachen. Ein schrilles, hohes Lachen, das die Pfleger beunruhigte. Es war das Lachen eines Mannes, der jede Verbindung zur Realität verloren hatte, und es hallte in dem engen Raum wider, bis es schließlich in ein leises Wimmern überging.

„Ich muss zu ihr…" flüsterte er leise, seine Augen voller Trauer und Verzweiflung. **„Sie wartet auf mich…"**

Der Krankenwagen fuhr weiter in die Nacht, auf dem Weg in die geschlossene Psychiatrie, während Johannes in einem Zustand des absoluten Wahns gefangen war.

Kapitel 20: Die entflohene Braut

Graf **Stanislav von Bran**, der alte und mächtige Vampir, entschloss sich, nach den üblichen Gepflogenheiten eines Anstandsbesuchs, seine liebe Braut Donja aufzusuchen. Mit einer fürstlichen Prozession, bestehend aus prächtigen Geschenken, reich verzierten Gewändern, wertvollen Kunstwerken und einer Lade voller Hühner und Kaninchen, die als frische Snacks für die Feierlichkeiten dienen sollten, fuhr er im Schlosshof vor. Die schwere Kutsche hielt mit einem dumpfen Knarren an, und seine Diener begannen, die wertvollen Gaben abzuladen.

Doch sobald er die Kutsche verließ und die kühle Nachtluft atmete, spürte er, dass etwas nicht stimmte. **Die Atmosphäre war angespannt.** Diener rannten hektisch hin und her, und es lag ein Gefühl von Chaos und Panik in der Luft.

„**Was ist hier los?**" brummte Stanislav, seine Augen verengt. Ein beunruhigendes Gefühl kroch ihm den Rücken hinauf. Er hatte zwar von Donjas Widerstand gegen die Hochzeit gehört, aber dass das gesamte Schloss in Aufruhr war, deutete auf etwas viel Größeres hin.

Ein Diener, der über den Hof huschte, blieb abrupt stehen, als er Stanislav erblickte, und verbeugte sich tief. „Herr… Donja, die Braut… sie ist verschwunden."

Stanislavs Augen funkelten rot auf. **Verschwunden?** „Wie kann das sein?" fragte er mit einer gefährlichen Ruhe. „Sie war in ihrem Turmzimmer. Vlad hat dafür gesorgt, dass sie dort bleibt."

„Wir wissen es nicht, Herr," stammelte der Diener, seine Stimme bebend. „Niemand hat sie gesehen, seit gestern Nacht. Wir… wir haben überall nach ihr gesucht."

Mit einem Knurren drängte Stanislav den Diener zur Seite und schritt entschlossen durch den Schlosshof.

In ihm wuchs eine Welle aus Zorn und Ungeduld. **Diese Hochzeit sollte ein Triumph sein**, die Verbindung zweier mächtiger Vampirfamilien. Doch Donja spielte ihr eigenes Spiel. **Widerspenstig wie immer.** Ein Teil von ihm bewunderte ihre Hartnäckigkeit, doch in diesem Moment konnte er nur die Schmach ertragen, dass seine Braut am Tag seines Besuchs spurlos verschwunden war.

Im Inneren der Burg war das Chaos noch deutlicher zu spüren. Vlad Donja tobte. Seine Augen glühten, als er durch den Thronsaal stapfte. Er hatte sich in seiner Wut nicht zurückgehalten, und in einem Anfall von Raserei hatte er seinem treuen Diener Gheorghe in den Hals gebissen – jedoch ohne ihn auszusaugen. Der Diener schlich sich wimmernd davon, den Hals haltend, während er tief verbeugt blieb, in der Hoffnung, Vlad würde ihn nicht weiter bestrafen.

„**Wie konnte sie nur verschwinden?**" rief Vlad laut, seine Stimme hallte durch die hohen Hallen.

„Niemand außer mir wusste von dem Spalt im Fenster! Sie hätte niemals entkommen dürfen!"

Alles wurde mobilisiert. Diener, Späher und Wachen suchten das gesamte Anwesen ab. Doch als der Morgen näher rückte, blieb Donja verschwunden, und die Stimmung in der Burg sank tief in die Verzweiflung.

Stanislav hatte inzwischen den Thronsaal betreten und sah Vlad in einem Zustand, den er nur selten erlebte. Der mächtige Vampirfürst saß zusammengesunken auf seinem Thronsessel, seine Stirn in tiefe Falten gelegt, während er grübelte. Er murmelte vor sich hin, als versuche er, in den Ereignissen der vergangenen Jahre den Fehler zu finden, der zu dieser Rebellion geführt hatte. **Was hatte er in ihrer Erziehung falsch gemacht?** Wie war es möglich, dass Donja sich so entschieden hatte?

Stanislav verschränkte die Arme und knurrte. „Das ist unerhört. Diese Hochzeit ist nicht nur ein Ereignis,

Vlad, es ist der Grundstein für die Zukunft unserer beiden Familien. Und deine Tochter tanzt uns auf der Nase herum!" Seine Stimme schwoll an, und er machte keine Anstalten, seine Wut zu verbergen. „Wenn du deine Tochter nicht im Griff hast, werde ich es tun müssen!"

Vlad hob kaum den Kopf. „Sie wird zurückkommen," sagte er leise, seine Stimme voller Zorn, aber auch von einem Hauch von Müdigkeit durchzogen. „Sie hat keine Wahl. Sie ist meine Tochter."

Stanislav brummte unzufrieden und schritt aufgebracht im Saal auf und ab. „Ich habe Geschenke gebracht. Prachtvolle Gewänder, Kunstwerke... sogar eine Wagenladung voll Hühner und Kaninchen. Und nun wird meine Geduld auf die Probe gestellt. **Das ist unerträglich!**"

Doch gerade als die Sonne über den Horizont stieg und die ersten Strahlen den Himmel in ein sanftes Orange tauchten, passierte das Unerwartete. **Donja erschien.**

Frisch, ausgeruht und in bester Stimmung trat sie durch die große Tür des Thronsaals, als ob nichts geschehen wäre. Ihr Gesicht leuchtete vor Energie, und sie sah so lebendig und zufrieden aus wie nie zuvor. Ihre Schritte waren leicht, und ihr Blick fiel sofort auf die prachtvollen Geschenke, die im Saal aufgereiht waren.

„Oh," sagte sie mit einem Hauch von Überraschung, als sie die prächtigen Gewänder und Kunstwerke sah. „Wie wunderschön."

Stanislav blieb abrupt stehen und starrte sie ungläubig an. „**Donja!**" brüllte er, doch seine Stimme schwankte vor Fassungslosigkeit. „Wo warst du?"

Donja hob eine Augenbraue und lächelte ihn an, als hätte sie keine Ahnung von dem Tumult, den sie verursacht hatte. „Oh, ich habe nur etwas frische Luft geschnappt. Die Turmluft ist etwas stickig." Sie ließ ihren Blick wieder über die Gewänder gleiten und deutete auf ein besonders prächtiges Kleid, das mit Smaragden verziert war. „Das ist wirklich wunderschön, Graf Stanislav. Ich danke euch."

Für einen Moment herrschte Stille. Stanislav schien unsicher, ob er wütend oder erfreut sein sollte. Er hatte mit einer aufmüpfigen und widerwilligen Braut gerechnet, doch da stand Donja, freundlich lächelnd und bewundernd seine Geschenke betrachtend.

Vlad hob langsam den Kopf und sah seine Tochter lange an. **Sie hatte etwas vor, das spürte er.** Doch in diesem Moment sagte er nichts. Die Situation war kompliziert, aber der Morgen war bereits hereingebrochen.

„Die Sonne geht auf," sagte Donja schließlich, als sie aus dem Fenster blickte. „Ich denke, wir sollten uns alle zurückziehen."

Stanislav warf Vlad einen letzten, unzufriedenen Blick zu, bevor er sich umdrehte und zur Tür schritt. „Ich hoffe, dass du deine Tochter im Griff hast, Vlad," sagte er grimmig. „Die Feierlichkeiten dürfen nicht noch einmal unterbrochen werden."

Kapitel 21: Das tragische Schicksal des Pjotr

In den Kammern der Mägde und Bediensteten herrschte an diesem Morgen eine ausgelassene, fast fröhliche Stimmung. Die Vorbereitungen für die anstehende Hochzeit von Donja und Graf Stanislav füllten die Burg mit einem geschäftigen Treiben, und die Bediensteten freuten sich auf die Feierlichkeiten, die in den kommenden Wochen ihren Höhepunkt erreichen würden. Die jungen Mädchen lachten und tuschelten, während sie Kleider ausbesserten und Besteck polierten, voller Vorfreude auf das große Fest.

Doch dann fiel auf, dass **Pjotr**, ein junger, kräftiger Bursche, der zu den Bediensteten der Burg gehörte, nicht wie üblich zum Dienst erschienen war. Anfangs dachte niemand viel darüber nach – vielleicht hatte er sich eine Auszeit genommen oder war in der Burg auf einen Botengang unterwegs. Doch als die Stunden vergingen und Pjotr immer noch nicht aufgetaucht war, begannen besonders die Mädchen, sich Sorgen zu machen. **Pjotr** war beliebt, immer freundlich, und er hatte eine starke Ausstrahlung, die besonders den jungen Frauen aufgefallen war.

Schwester **Rita** und **Josephine**, zwei der Mägde, nahmen schließlich ihre Sorgen ernst und beschlossen, den Diener von Vlad Donja zu informieren. **Gheorghe**, der treue, aber gebeutelte Diener, stand in einer Ecke des Schlosses, eine Hand an den dicken Verband, der seinen Hals umschloss. Noch immer gezeichnet von Vlads Wut, war er blass und schwach. Als die beiden jungen Frauen ihn ansprachen und von Pjotrs Verschwinden berichteten, winkte er nur müde ab.

„Er wird schon wieder auftauchen, wenn das Fest losgeht," murmelte Gheorghe und rieb sich den schmerzenden Hals. „Vielleicht hat er sich einfach etwas zu lange ausgeruht."

Doch die Mädchen ließen sich nicht so leicht beruhigen. **Pjotr war nicht der Typ, der sich einfach so davonschlich**, besonders nicht in dieser hektischen Zeit. Sie beschlossen, selbst nach ihm zu suchen. Mit einer kleinen Gruppe von Bediensteten durchkämmten sie jeden Winkel des Schlosses und suchten sogar außerhalb der Mauern, in den Höfen und Scheunen, nach ihm.

Es war schließlich Schwester **Rita** und **Josephine**, die den entsetzlichen Fund machten. In einer alten Scheune, versteckt hinter den Heuballen, lag Pjotr. **Kalt, bleich und bereits von Maden befallen**, lag er reglos auf dem Boden. Sein Körper zeigte keine offensichtlichen Anzeichen von Gewalt, doch es war klar, dass er seit Stunden, wenn nicht sogar Tagen, tot war.

Die Mädchen schrien auf vor Schock und Entsetzen, als sie die leblose Gestalt erblickten. Es schauderte sie zutiefst, als sie sich über die Leiche beugten und die nadelstichgroßen Wunden an seinem Hals entdeckten. Die beiden Bisswunden waren klein und unscheinbar, doch Rita und Josephine wussten sofort, dass dies keine normalen Wunden waren. Sie dachten, dass eine Fledermaus ihn möglicherweise vergiftet hatte.

„**Eine Fledermaus…**" flüsterte Josephine, ihre Augen geweitet vor Angst. „Sie muss ganz nah an uns vorbeigeflogen sein. Er war hier, und wir haben nichts gemerkt."

Der Gedanke, dass das Unheil so nah an ihnen vorbeigeschlichen war, ließ ihnen das Blut in den Adern gefrieren. Ohne zu zögern, rannten sie zurück in die Burg und riefen einige der jungen Männer herbei, die halfen, Pjotrs Leichnam aus der Scheune zu holen und ins Dorf zu bringen.

Das Dorf lag still und ruhig im Schatten der

mächtigen Burg, doch als die Nachricht von Pjotrs Tod die Runde machte, breitete sich eine Schwere unter den Dorfbewohnern aus. **Der junge Pjotr**, ein kräftiger und beliebter Junge, war tot, und die Umstände seines Todes waren unheimlich und rätselhaft. Die Dorfbewohner flüsterten über das, was geschehen war, und manche begannen zu befürchten, dass **dunkle Mächte** im Spiel waren.

Der Priester, der Pjotrs Familie gut kannte, war tief besorgt, als er den Leichnam sah. Die Wunden am Hals, die unnatürliche Blässe des Körpers und das Fehlen von sichtbaren Verletzungen ließen ihn nur zu einem Schluss kommen: **Etwas Unheiliges** hatte Pjotr das Leben genommen. Er zögerte nicht, extra viel Weihrauch zu verbrennen, während er murmelnde exorzistische Riten sprach. Der Duft des Weihrauchs erfüllte die kleine Dorfkirche, als Pjotr von seinen Freunden und Verwandten aufgebahrt wurde.

Die Eltern des Jungen waren untröstlich. Seine Mutter, die den Verlust kaum ertragen konnte, weinte unaufhörlich, während sein Vater stumm neben dem Sarg stand, den Blick leer und verloren.

Pjotr war ihr einziges Kind, und sein Tod hinterließ eine Lücke, die sie niemals füllen konnten.

Der Abend brach herein, und während die Dorfbewohner das Grab mit Erde bedeckten, warf der untergehende Mond ein unheilvolles Licht auf die Szenerie. **Vlad Donja** erschien plötzlich, seine schwarze Pferdekutsche hielt am Rand des kleinen Friedhofs. Der Anblick der schweren Kutsche ließ die Dorfbewohner zusammenzucken, doch als Vlad Donja ausstieg, mit einem finsteren, doch mitleidsvollen Gesichtsausdruck, wagte niemand, ihn anzusprechen.

„**Ich habe von eurem Verlust gehört,**" sagte Vlad mit gesenkter Stimme und trat an die Eltern von Pjotr heran. „Es tut mir leid um euren Sohn. Er war ein guter Junge, fleißig und stark."

Die Eltern, die von der Bedeutung seiner

Anwesenheit überwältigt waren, nickten dankbar, obwohl ihre Gesichter vor Schmerz verzerrt waren. Vlad reichte dem Vater fünf glänzende Goldmünzen. „Für die Beerdigung," fügte er hinzu. „Lasst mich wenigstens auf diese Weise meinen Respekt zollen."

Der Vater nahm die Münzen mit zitternden Händen, unfähig, Worte zu finden. Die Großzügigkeit des Grafen war überwältigend, und trotz des Schmerzes und der Trauer waren sie ihm dankbar für diese Geste.

Doch während Vlad Donja sich von der Trauergemeinde entfernte, konnte niemand die unheimliche Präsenz leugnen, die mit ihm kam. **Der Priester**, der das Grab mit Weihrauch segnete, warf einen vorsichtigen Blick auf den Grafen. Er ahnte, was mit Fjotr geschehen war. **Es war kein Zufall.**

Vlad stieg in seine Kutsche und ließ die Trauergemeinde hinter sich. In seinem Inneren regte sich keine Trauer, kein Bedauern. **Pjotr war nur ein weiteres Opfer in einem Spiel, das schon seit Jahrhunderten gespielt wurde.

Kapitel 22: Verbunden durch den Wahnsinn

Die Tage in der geschlossenen Psychiatrie verliefen träge, wie in einem endlosen, sedierten Zustand. Johannes, durch die Beruhigungsmittel ruhiggestellt, fühlte sich, als würde er durch dichten Nebel wandern. Er hatte die Fluchtgedanken aufgegeben, die Panik und Verzweiflung waren vorerst in den Hintergrund getreten. Doch tief in ihm glomm weiterhin etwas, das er nicht verdrängen konnte: **der Traum**, der ihn Nacht für Nacht heimsuchte und seine Realität zu verdrehen schien.

Sein Zimmernachbar war ein alter Mann namens **Horst Dieter**, der anfangs wie ein friedlicher, freundlicher Senior wirkte, der seine letzten Jahre in Ruhe verbringen wollte. Doch bald stellte sich heraus, dass auch Horst, wie Johannes, in seinen eigenen dunklen Visionen gefangen war. **Horst war fünfundneunzig Jahre alt** und hatte viel erlebt, aber das Schlimmste, das er jemals durchmachen musste, war der Verlust seiner Frau **Donja Luisa**.

Der Name allein ließ Johannes innerlich aufhorchen, auch wenn er äußerlich ruhig blieb, von den Medikamenten gefangen.

„**Es war kurz nach Weihnachten**, als ich sie verlor," begann Horst eines Abends, als das sanfte Summen der Klinikgeräte das einzige Geräusch im Raum war. „Wir gingen gemeinsam in die **Christmette**. Sie mochte die Kälte nicht, war immer so zart und zerbrechlich, besonders in jener Nacht. Sie fühlte sich unwohl und wollte draußen auf mich warten."

Johannes, der halb benommen im Bett lag, hörte ihm zu, anfangs mehr aus Höflichkeit als aus echtem Interesse. Doch als Horst weitersprach, erwachte etwas in ihm, etwas, das die Schwere der Medikamente durchbrach.

„Sie sagte mir, sie könne den **Weihrauch** nicht ertragen," fuhr Horst fort, während seine Augen glasig wurden und er in die ferne Vergangenheit zurückzublicken schien. „Ich habe mir nichts dabei gedacht. Als ich nach der Messe herauskam, suchte ich nach ihr… doch sie war nicht da. Ich habe überall nach ihr gesucht, und dann…" Horst hielt inne, als ob ihm die Worte schwerfielen. Johannes richtete sich etwas in seinem Bett auf.

„Dann sah ich sie." Horsts Stimme war jetzt kaum mehr als ein Flüstern. „**Sie stand hoch oben im Kirchturm**. Ich dachte, sie sei vielleicht dort hochgestiegen, um eine bessere Aussicht zu haben, doch bevor ich irgendetwas tun konnte, sah ich, wie sie in den Fängen einer riesigen, schwarzen Fledermaus war, deren Augen grün funkelten. Die Kreatur flog davon, mit meiner Donja in ihren Klauen. Ich habe sie nie wieder gesehen."

Die Worte hallten im Raum nach, und Johannes spürte, wie ihm eine Gänsehaut über den Rücken lief. **Donja**. Der Name, der ihn seit Wochen quälte, der Name der Frau, die er in seinen Träumen immer wieder gesehen hatte. Doch wie konnte das sein? War Horsts Geschichte nur ein weiteres Produkt des Wahnsinns, der in dieser Klinik allgegenwärtig zu sein schien?

„Niemand hat mir geglaubt," fuhr Horst mit brüchiger Stimme fort. „Sie haben mich verhaftet. **Man dachte, ich hätte sie ermordet.** Aber es gab keine Leiche, und ich hatte ein Alibi. Trotzdem haben mich meine Kinder, meine Familie, alle, die ich kannte, verlassen. Sie hielten mich für verrückt."

Horst sah Johannes mit einem traurigen Lächeln an, als ob er genau wüsste, dass auch Johannes ihn für verrückt halten würde. „Doch jede Nacht," flüsterte er, „**jede Nacht** kommt sie in meinen Träumen zu mir. In einem **Hochzeitskleid**. Sie bittet mich, sie zu befreien – sie sagt, dass sie von einem Grafen Stanislav aus den Karpaten entführt wurde. Ich habe versucht, sie zu retten, aber... wie soll ich gegen so ein Monster kämpfen?"

Johannes fühlte, wie das Adrenalin in ihm anstieg. **Graf Stanislav.** **Donja.** All die seltsamen Träume, die er selbst hatte, die unerklärlichen Visionen von einem düsteren Schloss, einer Hochzeit, die nie stattfinden durfte. Es war, als würden ihre Geschichten zusammengehören, als seien sie Teil eines größeren, finsteren Plans. Der Nebel in seinem Kopf lichtete sich, und er begann, die Verbindung zu erkennen.

„Horst," sagte Johannes, seine Stimme leise, aber eindringlich, „das Schloss, von dem du sprichst... ich kenne es. Ich träume jede Nacht davon. Die Braut... auch ich sehe sie. Donja... sie ruft mich. Es kann kein Zufall sein. Was auch immer das ist, es versucht, uns zu erreichen."

Horst sah ihn überrascht an, seine alten Augen weiteten sich. „Du... du siehst sie auch?"

Johannes nickte. „Ja. Aber... was sollen wir tun? Ich fühle, dass sie irgendwo dort draußen ist, und ich weiß, dass wir etwas unternehmen müssen."

„Ich habe keine Kraft mehr," gestand Horst. „Ich bin zu alt, um gegen das Dunkle zu kämpfen. Aber du, Johannes... du hast vielleicht noch eine Chance. Vielleicht bist du derjenige, der sie retten kann."

Doch bevor Johannes weiterreden konnte, überkam ihn die Schwere der Medikamente. Der Schlaf, der immer so leicht kam in dieser Klinik, zog ihn erneut in seine Tiefen. Und wieder befand er sich im Traum, dem Traum, der ihn langsam aber sicher in den Wahnsinn trieb.

Diesmal war es anders. Johannes stand wieder im großen, düsteren Saal des Schlosses, umgeben von vagen Gestalten, die in der Ferne wisperten. Er konnte das Gefühl von Bedrohung und Angst fast greifen, doch es war der **Bräutigam**, der diesmal klarer denn je erschien. Graf Stanislav, mit seinem unheimlichen, durchdringenden Blick, stand direkt neben ihm.

„**Du kannst nur mit ihr zusammen sein, wenn du tot bist**," flüsterte er Johannes erneut zu, seine Stimme kalt und gnadenlos. „**Nur im Tod wirst du sie heiraten können.**"

Johannes fühlte, wie dieser Gedanke sich in sein Bewusstsein bohrte, wie die Idee des Todes als einziger Weg zur Erfüllung seines Wunsches ihn fest umklammerte. Doch es war nicht mehr die Verzweiflung, die ihn beherrschte – es war der Wunsch, dieses Geheimnis zu lösen, die Wahrheit zu erfahren. **Was war das für ein Ort?** Und wer war Donja wirklich?

Sein Blick fiel auf die verhüllte Braut, die immer noch am Ende des Saals stand. **Wer bist du?** wollte er schreien, doch die Worte blieben ihm im Hals stecken.

Langsam begann der Schleier, der ihr Gesicht bedeckte, sich zu heben. Doch bevor Johannes einen Blick erhaschen konnte, wurde er erneut aus dem Traum gerissen. Der Klang des Alarms in der Klinik und das Licht, das in sein Zimmer drang, weckten ihn abrupt, und er fand sich wieder in der kalten Realität der Psychiatrie.

Doch tief in ihm wusste er, dass er nicht länger einfach nur zusehen konnte. **Es gab eine Verbindung zwischen ihm und Horst**, und was auch immer sie in ihren Träumen verfolgte, es war realer, als sie beide es sich jemals hätten vorstellen können.

Kapitel 23: Das Geheimnis von Donja Luisa

Am nächsten Morgen, als die ersten Strahlen der Wintersonne durch die trüben Fenster der Klinik fielen, setzte sich Johannes ans Bett von **Horst Dieter**, dem alten Mann, der so viel erlebt hatte und mit ihm verbunden war durch die düsteren Träume und das Mysterium um Donja. **Horst** war ungewöhnlich still an diesem Morgen, aber als Johannes ihm einen vorsichtigen Gruß entbot, hob der alte Mann den Kopf und begann zu sprechen.

„**Weißt du, wie ich Donja kennengelernt habe?**" begann Horst mit einer brüchigen, aber warmen Stimme. „Es war vor vielen, vielen Jahren, in einer Zeit, die mir jetzt wie ein anderes Leben vorkommt.

Ich war jung, voller Energie und Lebenslust, und ich machte Urlaub in **Venedig**. Die Stadt hat mich immer fasziniert – die Kanäle, die alten Paläste, der Geruch von Meer und Geschichte in der Luft." Seine Augen leuchteten auf, als er in die Erinnerung eintauchte. „Dort habe ich sie gesehen. **Donja Luisa**."

Johannes lauschte aufmerksam. **Venedig**. Wieder ein Ort, der in seinen eigenen Träumen aufgetaucht war – und nun schien Horsts Erzählung die Bruchstücke zusammenzufügen.

„Sie war wunderschön," fuhr Horst fort, und sein Lächeln wurde wehmütig. „Aber es war nicht nur ihre Schönheit, die mich verzauberte. Es war ihre Art, wie sie durch die engen Gassen ging, als ob sie die Geheimnisse der Stadt selbst kannte. Sie war charmant, aber bescheiden, und in ihrem Lächeln lag eine Traurigkeit, die ich damals nicht verstand. Ich habe mich schnell in sie verliebt, und nach einigen Monaten machte ich ihr während einer **Gondelfahrt** einen Heiratsantrag. Und sie... sie willigte ein."

Horsts Gesicht wurde für einen Moment weich, doch dann verdunkelten sich seine Züge, als er die nächste Phase ihrer Beziehung beschrieb. „Wir waren ein Jahr lang verlobt. Es war eine glückliche Zeit, aber es gab immer etwas Geheimnisvolles an ihr. Jedes Mal, wenn ich nach ihrer **Fami ie** fragte, wich sie aus. Sie sagte mir, dass sie keinen Kontakt mehr zu ihnen hätte und ich sie auch nie kennenlernen würde. Aber ich… ich wollte unbedingt ihren Vater um ihre Hand bitten. Es schien mir das Richtige zu sein."

Johannes spürte, wie sich in ihm eine bekannte Beklemmung aufbaute. **Die Familie**. Donja hatte nie viel über ihre Familie gesagt – auch das kam ihm jetzt seltsam vertraut vor. Während Horst weitersprach, fühlte Johannes, wie die Mosaikstücke seiner eigenen Erinnerungen sich langsam zusammenfügten.

„Es kam dann zu einem schrecklichen Unfall," fuhr Horst fort und seine Stimme wurde leiser. „Wir waren unterwegs in der Stadt, als plötzlich eine **Kutsche** außer Kontrol e geriet. Sie stieß mich um, und ich lag monatelang zwischen Leben und Tod. In dieser Zeit... besuchte sie mich nie. Kein einziges Mal. Ich dachte, vielleicht hatte sie Angst oder konnte den Schmerz nicht ertragen, aber als ich mich endlich erholte, war alles anders."

Horst hielt inne, als ob er sich sammelte, bevor er den schwersten Teil seiner Geschichte erzählte. „Es war um die **Weihnachtszeit**. Ich sah sie noch zwei Mal: einmal zufällig auf dem **Gemüsemarkt** in der Stadt, als sie sich unter die Menschen mischte, aber mich nicht bemerkte. Und dann in jener Nacht, als wir zur **Christmette** gingen. Sie war anders an diesem Abend, nervös. Sie blieb draußen, sagte, sie könne den Weihrauch nicht ertragen."

Johannes erinnerte sich nun deutlicher an das, was Horst gesagt hatte. Die Erzählung über den Kirchturm, die große schwarze Fledermaus, die Donja mit sich davontrug. Doch etwas Neues drängte sich in seinen Geist. **Diese Donja Luisa konnte nicht dieselbe sein wie seine Donja – der Altersunterschied war zu groß. Aber vielleicht...** dachte Johannes, **vielleicht ist sie ihre Tochter.**

Mit jedem weiteren Detail, das Horst beschrieb, kamen Johannes seine eigenen Erinnerungen zurück, lückenhaft und verworren, aber doch präsent. Die Anziehung, die Unnahbarkeit, das Geheimnisvolle. Die Donja, die er gekannt hatte, war eine junge Frau, aber sie hatte die gleiche dunkle Aura um sich wie die, die Horst beschrieben hatte. **Gab es eine Verbindung zwischen ihner?**

„Nachdem sie verschwunden war," schloss Horst seine Erzählung mit einem schweren Seufzen, „war ich nie mehr derselbe. Sie erschien mir in meinen Träumen, in einem **Hochzeitskleid**, und sie bat mich immer wieder, sie zu retten. Sie sagte, dass sie von einem **Grafen Stanislav aus den Karpaten** entführt wurde. Aber ich konnte nichts tun. Niemand glaubte mir. Sie hielten mich für verrückt."

Horst war jetzt sichtlich erschöpft. Johannes spürte die Bedeutung der Worte, die ihm der alte Mann mitgeteilt hatte, und auch, dass Horst langsam aber sicher seine Kräfte verlor.

„Ich werde morgen nicht mehr hier sein," flüsterte
Horst leise, als ob er eine schwere Last ablegte. „Ich
spüre es. Meine Zeit ist gekommen."

Johannes sah ihn an, verwirrt, aber bevor er etwas
erwidern konnte, schloss Horst die Augen. Johannes
dachte, Horst würde vielleicht auf eine andere
Station verlegt werden, doch als er am nächsten
Morgen nach ihm sah, lag der alte Mann friedlich in
seinem Bett – **tot, aber mit einem Lächeln auf den
Lippen**. Er hatte den Fluch, der ihn all die Jahre
gequält hatte, endlich hinter sich gelassen. **Horst
Dieter hatte seinen Frieden gefunden.**

Johannes stand lange neben dem Bett, das schlichte
Lächeln auf Horsts Gesicht betrachtend, als ihm klar
wurde, dass er nun allein mit dem Wissen war, das
Horst ihm anvertraut hatte. **Donja war irgendwo
da draußen**, vielleicht in den Karpaten, und die
Antwort auf dieses düstere Rätsel lag
möglicherweise in der Vergangenheit der Frau, die
Horst einst geliebt hatte.

Er musste Donja finden. Und vielleicht, nur vielleicht, lag der Schlüssel zu allem in der Verbindung zwischen den beiden Frauen: **Donja Luisa** und **seine Donja**.

Kapitel 24: Eine Ahnung des Unheils

In einer kleinen, schlichten **Mansarde** hoch oben im Schloss, die den beiden Schwestern **Rita** und **Josephine** für die Zeit der Hochzeitsvorbereitungen als Unterkunft diente, saßen die beiden jungen Frauen beisammen. Die schwache Flamme einer Kerze flackerte auf dem Tisch und warf gespenstische Schatten an die Wände. Die Stimmung, die anfangs noch leicht und von flüsterndem Kichern erfüllt war, kippte langsam, als das Gespräch auf die seltsame Beerdigung von **Pjotr** kam.

„**Hast du gesehen, wie verängstigt der Pfarrer aussah?**" fragte Josephine und kicherte leise, doch ihr Lachen klang unsicher, fast gezwungen.

Rita nickte und legte sich dabei die Hand vor den Mund, als müsste sie die letzten Reste eines Lächelns verbergen. „Ja, besonders als **Vlad Donja** mit der schwarzen Kutsche vorfuhr. Der arme Pfarrer sah aus, als hätte er einen Geist gesehen."

Die beiden Schwestern kicherten noch einen Moment, doch dann brach die Leichtigkeit plötzlich ab. Es lag etwas Unausgesprochenes in der Luft, etwas Dunkles, das sie beide fühlten, aber nicht ganz in Worte fassen konnten. **Sie schauten sich an, und jede las in den Augen der anderen dieselbe stille, aufkeimende Furcht.**

„Da stimmt was nicht," flüsterte Josephine nach einer langen Pause, und ihre Augen weiteten sich leicht. Sie sprach das aus, was sie beide dachten, aber bis dahin nicht gewagt hatten, einzugestehen.

Rita nickte langsam, als wäre sie auf der gleichen gedanklichen Spur. „Pjotr… er ist nicht eines natürlichen Todes gestorben." Die Worte klangen in der stillen Kammer nach, während die beiden Schwestern näher an die kleine Kerze heranrückten, als könnte das schwache Licht ihnen Schutz bieten.

Josephine schüttelte den Kopf. „Aber wie? Es waren doch keine richtigen Verletzungen zu sehen, nur diese winzigen… diese Bisswunden am Hals. Glaubst du, dass er von einer Fledermaus getötet wurde?"

Rita biss sich auf die Lippe, als sie über diese Frage nachdachte. Sie hatte den Leichnam von Pjotr gesehen, wie er da, bleich und kalt, in der Scheune gelegen hatte. Die Maden hatten bereits begonnen, sein Fleisch zu zerfressen, doch die Wunden am Hals – klein und unscheinbar – hatten sie nicht vergessen können. „Es gibt Fledermäuse, die Krankheiten übertragen, aber… so etwas habe ich noch nie gehört. **Es ist seltsam.** Und der Priester… warum hat er so viel Weihrauch verbrannt? Und diese Riten? Das war mehr als eine einfache Beerdigung."

Die beiden Mädchen verstummten für einen

Moment. **Eine unbehagliche Stille** legte sich über den Raum, und sie spürten, dass es etwas Dunkleres gab, das über das Schloss und das Dorf schwebte. Es war, als hätten sie einen unsichtbaren Schleier gelüftet und einen Blick auf etwas Gefährliches geworfen, das direkt unter der Oberfläche lauerte.

„Weißt du," begann Josephine leise, fast flüsternd, „ich habe gehört, wie einige der älteren Dorfbewohner über Vlad Donja sprechen. Sie sagen, dass er… nicht normal sei. Sie flüstern von alten Legenden, von Kreaturen der Nacht."

Rita blickte sie erschrocken an. „Was meinst du?"

Josephine schluckte. „**Vampire**," flüsterte sie und fühlte sofort, wie das Wort die Luft noch schwerer machte. „Sie sagen, Vlad Donja sei einer von ihnen."

Ritas Augen weiteten sich, und sie zog sich instinktiv

etwas näher an Josephine heran. „Das… das ist doch Unsinn, oder? Vampire? Solche Geschichten erzählt man, um Kinder zu erschrecken."

„Ich weiß es nicht," murmelte Josephine und schaute in die flackernde Kerze. „Aber was, wenn es stimmt? Was, wenn Pjotr das Opfer eines solchen Wesens geworden ist? Diese Bisswunden… es passt einfach alles. Und… und der Priester. Ich glaube, er wusste mehr, als er zugeben wollte."

Die beiden Schwestern saßen noch einen Moment lang schweigend beieinander, als die Gewissheit in ihnen wuchs, dass etwas Dunkles und Gefährliches um sie herum war. **Pjotr war nicht das erste Opfer**, das spürten sie beide, und vielleicht würde er nicht das letzte sein.

„Was sollen wir tun?" fragte Rita schließlich, ihre Stimme kaum mehr als ein Flüstern. „Wenn das alles wahr ist… wie sollen wir uns schützen?"

Josephine legte eine Hand auf die Schulter ihrer Schwester. „Wir müssen wachsam sein. **Kein Wort zu den anderen**, zumindest nicht, bis wir sicher sind. Aber wir müssen gut auf uns aufpassen und uns gegenseitig schützen. Wir dürfen keine dunklen Ecken mehr betreten, nicht alleine. Und wir müssen uns immer in der Nähe von Licht aufhalten."

Rita nickte zustimmend, auch wenn ihre Hände leicht zitterten. „Und wir dürfen uns niemals in die Nähe von Vlad Donja oder seinen Leuten wagen. Ich weiß nicht, was er ist, aber… ich habe ein schlechtes Gefühl bei ihm."

Die beiden Schwestern sprachen den Rest des Abends leise weiter, ihre Stimmen von Angst und Vorsicht getragen. **Pjotrs Tod** war nur der Anfang, das wussten sie. Irgendetwas Dunkles lauerte in den Schatten dieser Burg, und sie wussten, dass sie wachsam sein mussten, um nicht selbst zu Opfern zu werden.

Bevor sie sich schließlich zum Schlafen niederlegten,

versprachen sie sich noch einmal, **niemals in die Dunkelheit zu gehen und immer aufeinander aufzupassen.**

Die Nacht umhüllte das Schloss, und während die Kerze in ihrer Kammer erlosch, lag eine unheilvolle Stille über dem Anwesen, als ob die Schatten selbst auf ihre nächsten Opfer warteten.

Donja wandte sich ab und ging ruhig aus dem Saal. Sie wusste, dass dies nur eine kurze Verschnaufpause war. **Die Nacht gehörte den Vampiren, doch der Tag würde bald wieder anbrechen.**

Kapitel 25: Die Vorfreude der ewigen Braut

Donja stand vor dem großen, verzierten Spiegel in ihrer Kammer, das Licht von silbernen Kerzenleuchtern spiegelte sich auf den kostbaren Stoffen der edlen Gewänder wider, die sie eines nach dem anderen anprobierte. **Die Geschenke** für ihre Hochzeit mit Graf Stanislav waren zahlreich und prachtvoll. Smaragdfarbene Roben, bestickt mit Goldfäden, weiche Pelze und kunstvoll verzierte Korsetts. Sie ließ die luxuriösen Stoffe sanft über ihre Haut gleiten und beobachtete dabei ihr Spiegelbild.

Im Gegensatz zu ihrem Vater, Vlad Donja, konnte sie sich im Spiegel sehen. **Ihre Mutter war eine Sterbliche gewesen**, und als **Halbblut** war Donja nicht vollständig von den vampirischen Flüchen betroffen. Ihr Vater, ein reinblütiger Vampir aus einer uralten Dynastie, konnte sein Antlitz weder im Spiegel noch auf Fotografien erkennen. Doch Donja, die die besten Eigenschaften beider Welten in sich trug, sah ihre makellose Schönheit reflektiert.

Sie war zufrieden mit dem, was sie sah. Ihr langes, dunkles Haar fiel in sanften Wellen über ihre Schultern, und ihre Augen funkelten mit einem geheimnisvollen Glanz, der über Jahrhunderte hinweg Männer und Frauen gleichermaßen in ihren Bann gezogen hatte. Trotz ihrer Jahrhunderte alten Existenz hatte sie den Ausdruck der Jugend wohl bewahrt. Dies war kein Zufall – sie achtete stets darauf, das beste und frischeste Blut zu trinken, vorzugsweise von jungen, gesunden Männern, deren

Vitalität sie in sich aufsog.

Sie schloss die Augen und erinnerte sich an das Geräusch, das sie immer wieder erregte: **das leichte Knacken**, wenn ihre scharfen Zähne die straffe Haut ihrer Opfer durchbohrten. Es war mehr als nur Nahrung für sie – es war ein sinnliches Erlebnis, eine Verbindung zu den sterblichen Seelen, die sie mit einem einzigen Biss an sich band. Der süße Geschmack des warmen Blutes, das in ihren Mund floss, verstärkte ihr Verlangen und ihre Macht. **Das Blut der Jugend hielt sie jung und unbesiegbar. **

Ihre Gedanken wanderten zu der bevorstehenden Hochzeit. In wenigen Nächten würde sie die Braut von Graf Stanislav sein, einem der mächtigsten Vampire der Welt. **Der Aufstieg, den diese Verbindung mit sich brachte**, war für sie verlockend. Doch inmitten der Vorfreude überkamen sie wehmütige Gedanken an ihre zahllosen Liebhaber, die im Laufe der Jahrhunderte gekommen und gegangen waren. **Die Zahl war hoch, zu hoch, um sie zu zählen.** Männer hatten sie angebetet, begehrt und ihr gedient, doch kaum einer von ihnen hatte bleibenden Eindruck hinterlassen.

Nur einer, schwach in ihren Erinnerungen, drängte sich manchmal in ihre Gedanken. **Johannes.** Er war anders gewesen – selbstlos, hilfsbereit, und edelmütig bis zur Erschöpfung. Sie hatte ihn nicht geliebt, doch sie hatte ihn sehr gemocht. Sein Edelmut war eine Seltenheit unter den Menschen, und vielleicht war es genau das, was ihn für sie interessant gemacht hatte. **Ein Mann, der anderen half, ohne etwas dafür zu erwarten**, war in ihrer Welt der Berechnung und des Überlebens ungewöhnlich.

Sie fragte sich, was aus ihm geworden war. **Vielleicht werde ich ihn in einen Vampir verwandeln**, dachte sie bei sich. Eine Belohnung für all seine Tugenden, sollte sie ihn jemals wiedersehen. Johannes hätte als Vampir ein erfülltes Leben führen können – das ewige Leben zu ihren Füßen. **Ewig jung und stark, wie sie selbst.**

Doch bevor sie ihren Gedanken weiter nachhängen

konnte, vernahm sie ein leichtes Geräusch an ihrem Fenster. **Graf Stanislav** war von seinem nächtlichen Rundflug zurückgekehrt. Mit seinem schwarzen Umhang, der im Wind flatterte, und den wachsamen Augen, die alles beobachteten, landete er sanft auf dem Balkon. **Donja wusste genau, wie sie ihn behandeln musste.**

Mit einem verführerischen Lächeln ging sie zu ihm, ihre Bewegungen fließend und graziös. Sie schlang ihre Arme um ihn, ihr warmer Atem streifte seinen Hals, und sie ließ all ihren Vampircharme auf ihn wirken. **Stanislav war mächtig**, aber Donja hatte gelernt, dass selbst die mächtigsten Männer anfällig für die Reize einer Frau waren, die genau wusste, was sie wollte. Sie wickelte ihn mühelos um den Finger, brachte ihn zum Lachen, und versprach ihm mit jedem Lächeln und jeder Berührung eine Zukunft voller Macht und Vergnügen.

Mittlerweile freute sie sich wirklich auf die Hochzeit. Der Gedanke an den **Aufstieg**, den sie durch diese Verbindung erlangen würde, ließ ihre Augen funkeln. Als Frau an Stanislavs Seite würde sie unantastbar sein, unbesiegbar in ihrer Stellung und

Macht. **Die Welt der Vampire** würde ihr gehören, und sie würde ihre Rolle als Königin mit der Eleganz und Grazie ausfüllen, die sie sich über Jahrhunderte hinweg angeeignet hatte.

„Die Nacht gehört uns," flüsterte sie in sein Ohr, während sie ihn fest umarmte. „Und bald wird auch die Welt uns gehören."

Stanislav lachte leise und zog sie noch näher zu sich heran. „Du bist so viel mehr als eine Braut, Donja. Du bist meine Königin."

Donja lächelte und legte ihren Kopf an seine Schulter. **Die Hochzeit würde nicht nur der Beginn einer neuen Ära für die Vampirgesellschaft sein – sie würde auch ihre persönliche Macht sichern.** Und während die Nacht weiterging und sie sich ganz dem Spiel der Verführung hingaben, verschwanden ihre Gedanken an Johannes allmählich.

Doch tief in ihrem Unterbewusstsein, verborgen

unter Schichten von Jahrhunderten und vergessenen Liebschaften, war etwas wach geblieben. **Der Wunsch, Johannes eines Tages wiederzusehen**, vielleicht als Vampir an ihrer Seite. **Vielleicht** war das Schicksal noch nicht zu Ende geschrieben.

Kapitel 26: Ein stiller Abschied

Horst Dieters Beerdigung fand an einem kalten Wintertag statt, an dem der Schnee leise vom Himmel fiel. Die weißen Flocken bedeckten den Waldfriedhof und schufen eine beruhigende, fast friedliche Atmosphäre. Der Wind trug den leisen Klang des Glockengeläuts und das Murmeln der Anwesenden durch die Bäume. **Johannes**, der die Erlaubnis erhalten hatte, an der Zeremonie teilzunehmen, stand in der kleinen Trauergemeinde und fröstelte in seinem dicken Mantel. Der Verlust seines Zimmernachbarn, der so plötzlich und friedlich gestorben war, hatte ihn auf eine Weise berührt, die er nicht ganz erklären konnte.

Ein paar alte Bekannte von Horst waren ebenfalls erschienen, Menschen, die ihn aus der Zeit vor seiner Einweisung gekannt hatten. Sie standen mit gesenkten Köpfen und trauernden Gesichtern um den schlichten Sarg, während der Pfarrer eine bewegende Abschiedsrede hielt. Die Worte des Priesters über das Leben, den Verlust und den Frieden, den Horst Dieter am Ende gefunden hatte, klangen sanft und tröstlich in der eisigen Luft.

Johannes ließ den Blick über die versammelte Gruppe schweifen. **Nur wenige waren gekommen**. Horsts Familie hatte sich längst von ihm abgewandt, und so waren es vor allem ehemalige Freunde, die sich zum Abschied eingefunden hatten. Johannes fühlte sich auf merkwürdige Weise mit ihnen verbunden, auch wenn er Horst kaum gekannt hatte. **Die Verbindung, die sie durch ihre Träume und Erlebnisse geteilt hatten, war stark gewesen**.

Einige Meter entfernt, etwas abseits der Trauergesellschaft, bemerkte Johannes eine elegante Gestalt, die ihm sofort ins Auge fiel. **Eine Dame**, gekleidet in einem langen, schwarzen Mantel, mit einem riesigen, weit ausladenden Hut, der ihr Gesicht fast vollständig verdeckte. Ihre Augen wurden von einer großen, dunklen Sonnenbrille verhüllt, und sie trug lange, schwarze Handschuhe. Es war eine seltsame Wahl der Kleidung, vor allem an einem Wintertag wie diesem. Trotzdem zog sie die Aufmerksamkeit auf sich.

Die Frau wirkte verloren. Sie stand reglos da, ihr Blick auf den Sarg gerichtet, und wischte sich mit einem zarten Spitzentaschentuch die Augen. Ihre Haltung strahlte etwas Unergründliches aus, etwas, das Johannes' Instinkte weckte. Sie stand so still und dennoch schien sie in tiefer Trauer gefangen.

Nachdem der Pfarrer seine letzten Worte gesprochen hatte und die Trauergemeinde sich langsam aufzulösen begann, bemerkte Johannes, dass die Frau sich nicht rührte. Sie stand weiterhin regungslos an ihrem Platz, ihr Gesicht immer noch hinter dem Hut verborgen. Ein plötzlicher Impuls trieb Johannes dazu, sich ihr zu nähern.

Als er langsam auf sie zuschritt, fühlte er eine seltsame Anspannung in der Luft. Etwas an dieser Frau erinnerte ihn an jemanden, den er nicht benennen konnte, und doch war es, als würde eine vage Erinnerung in ihm erwachen.

„**Entschuldigen Sie…**", begann er vorsichtig, doch bevor er die Frau erreichte, drehte sie sich abrupt um. Ihr langer Mantel wirbelte durch die Luft, und sie ging mit schnellen Schritten in Richtung der Bäume. Johannes stockte. **Wer war sie?**

Er folgte ihr, seine Schritte schneller werdend, aber die Frau bewegte sich mit einer merkwürdigen Geschwindigkeit, fast so, als würde sie durch den Wald gleiten. Sie verschwand zwischen den hohen Bäumen, und Johannes stand unsicher an der Stelle, an der sie gerade noch gewesen war.

Das Rascheln der Bäume und das Knirschen des Schnees unter seinen Füßen waren die einzigen Geräusche, die er hörte. **Wer war diese mysteriöse Trauergästin, die so plötzlich aufgetaucht und ebenso schnell wieder verschwunden war?**

Johannes blickte auf den schneebedeckten Waldfriedhof, der nun still und verlassen wirkte. Ein leises, unbehagliches Gefühl durchzog ihn. **Die Verbindung zu Horst war noch nicht beendet**, und etwas – oder jemand – hielt die Fäden des Schicksals noch immer fest in der Hand.

Mit einem letzten Blick in den stillen Wald kehrte Johannes zurück zur Trauergesellschaft, die sich nun in Richtung des Ausgangs bewegte. Doch der Gedanke an die mysteriöse Frau ließ ihn nicht los. **Wer immer sie war, sie wusste mehr**, und Johannes spürte, dass er diesem Rätsel bald wieder begegnen würde.

Kapitel 27: Die Rückkehr der Toten

Das **Tor zur Gruft** öffnete sich wie von Geisterhand, als **Donja Luisa** hindurchschritt. Die kühle, feuchte Luft der unterirdischen Kammer umfing sie, und das schwache Licht der Fackeln, die an den Wänden befestigt waren, schien nur flackernde Schatten auf den schwarzen Marmor zu werfen. **Heute war ein bedeutungsvoller Tag**, doch er war voller Schmerz. Sie hatte die **Liebe ihres Lebens**, Horst Dieter, zu Grabe getragen – ein Verlust, der ihr Herz zerriss und sie tiefer in die Dunkelheit ihrer unsterblichen Existenz trieb.

Ihre Füße bewegten sich lautlos über den Boden, als sie sich ihrem Schlafplatz näherte. Für diese Nacht wählte sie den alten Sarg aus **Ebenholz**, der seit Jahrhunderten in der Gruft stand. Seine kunstvoll verzierten Schnitzereien erzählten Geschichten längst vergangener Zeiten, und heute fühlte sie, dass dieser Ort der einzige war, an dem sie für einen Moment Ruhe finden könnte. **Doch wahre Ruhe würde es für sie nicht geben.**

Horst war fort. Er hatte sie verlassen, und die Hoffnung, die sie einst gehegt hatte – die Hoffnung, eines Tages Mensch zu werden, für ihn, für die Liebe, die sie für ihn empfand – war mit ihm begraben worden. Sie hatte sich in den letzten Jahrzehnten verändert, seit er in ihr Leben getreten war. Einst war sie ein blutrünstiges Monster gewesen, ein Wesen der Nacht, das ohne Reue tötete. Doch **Horst Dieter** hatte etwas in ihr erweckt, das sie nicht kannte: **ein Gewissen**.

Die Jahre, die sie mit ihm verbracht hatte, hatten sie verändert. In letzter Zeit hatte sie es sogar geschafft, sich vom Menschenblut fernzuhalten. Stattdessen hatte sie sich mit **Hühnerblut** ernährt, so lange, bis sie es kaum noch ertragen konnte. Doch sie hatte durchgehalten, weil sie den Traum hegte, eines Tages mit Horst ein friedliches Leben führen zu können. Sie hatte für ihn **20 Kilogramm abgenommen**, ihre vampirische Macht gedämpft, um sich menschlicher zu fühlen. Doch jetzt war all das vergeblich. **Horst war tot.**

Mit einem gebrochenen Herzen legte sich Donja Luisa in den kalten, dunklen Sarg. Der alte, schwere Deckel knarzte, als sie ihn über sich zog, und die Stille der Gruft umschloss sie. Der Verlust nagte an ihr, als sie sich der Erkenntnis hingab, dass sie niemals die Erlösung finden würde, nach der sie gesucht hatte. **Die Liebe hatte sie zu einem anderen Wesen gemacht**, doch ohne Horst gab es keinen Grund mehr, weiter an diesen Träumen festzuhalten.

Doch ein Funke in ihr lebte noch. Sie war nicht

bereit, ins Licht zu gehen, nicht bereit, ihre Existenz zu beenden. **Etwas hielt sie zurück** – etwas, das sie hier in dieser Welt hielt, an diesem Ort der Dunkelheit und des Verfalls. **Ihre Tochter.**

Donja.

Morgen würde sie zum Schloss gehen, um ihre Tochter zu sehen, und auch, um **Vlad** zu begegnen. **Was würde der alte Vlad Donja sagen**, wenn sie nach all den Jahren plötzlich vor ihm stünde? Sie konnte sich seine Reaktion kaum vorstellen, doch ein Teil von ihr wollte es wissen. Sie wollte sehen, wie er reagieren würde, wenn er erkennen musste, dass sie, die er für tot gehalten hatte, noch immer existierte.

Donja Luisa lächelte schwach bei dem Gedanken. Sie hatte Vlad vor langer Zeit verlassen, um mit Horst ein Leben zu beginnen, das nicht von der Dunkelheit der Nacht beherrscht wurde. Doch jetzt, nach Horsts Tod, fühlte sie sich wieder in den alten Kreislauf der Unsterblichkeit gezogen. **Das Licht, das sie für

Horst gesucht hatte, war nun verschwunden**, und das bedeutete, dass die Nacht wieder alles umschloss.

Morgen würde sie ihre Tochter sehen. **Donja**, ihre einzige Verbindung zu dieser Welt, die sie einst geliebt hatte. Und sie würde bei der Hochzeit dabei sein, auch wenn dies bedeutete, sich wieder der vampirischen Welt zu stellen. Vlad hatte vielleicht gedacht, dass ihre Geschichte vor Jahrhunderten beendet war, doch sie lebte weiter, in jedem Tropfen Blut, der in ihren Adern pulsierte.

Doch in dieser Nacht, in der Dunkelheit der Gruft, gab es nur den Schmerz des Verlustes, die brennende Leere in ihrer Brust, wo einst Liebe gewesen war. **Horst Dieter**, der sie verändert hatte, war nicht mehr da, und mit ihm war ein Teil von ihr selbst verschwunden.

Sie schloss die Augen und ließ sich in die tiefste Ruhe gleiten, die ein Wesen wie sie jemals erfahren konnte. **Die Gruft** war ihr Schutz, ihr

Rückzugsort. Doch in ihrem Herzen brannte noch immer ein letzter Funke. **Die Hochzeit** ihrer Tochter war ein Wendepunkt, eine neue Möglichkeit, die ungeschriebenen Zeilen ihrer Geschichte zu vervollständigen.

„Ich werde da sein, Donja," flüsterte sie in die Stille der Gruft. **„Und wir werden sehen, ob diese Dunkelheit wirklich das Ende ist."**

Kapitel 28: Die Dunkle Nacht des Vlad Donja

Vlad Donja stand vor einem hohen Spiegel, sein Spiegelbild verborgen in den Tiefen der Dunkelheit, während er sich in seiner vollen Festkleidung betrachtete. **Ein weißes Rüschenhemd**, dazu ein schwarzer, festlicher Anzug, der sich glatt an seinen Körper schmiegte. Seine glänzenden Lackschuhe spiegelten das flackernde Kerzenlicht wider, das im Raum tanzte. **Seine schwarzen Haare** hatte er sorgfältig zurückgegelt, und seine Augen – tief und schwarz – blitzten vor Vergnügen.

Heute war er in bester Stimmung. Die

Vorbereitungen für die Hochzeit seiner Tochter liefen reibungslos, und die Macht, die er durch diese Verbindung gewinnen würde, ließ seine Unsterblichkeit wie einen Triumph über die Zeit erscheinen. **Ein neues Zeitalter für die Familie Donja** stand bevor, und Vlad fühlte sich im Zenit seiner Macht.

Aus einer Laune heraus ließ er seinen **Diener Gheorghe** zu sich rufen, den er erst kürzlich in einem Anfall von Wut gebissen hatte. **Er hatte kein schlechtes Gewissen** – es war nur ein Biss, und solche Vorkommnisse waren in den vergangenen Jahrhunderten alltäglich geworden. Doch heute war er großzügig gestimmt. Er nahm einen **Rubinring** von seinem Finger, ein altes Familienerbstück, und streifte ihn dem Diener über den abgemagerten Finger.

„Nimm ihn," sagte Vlad gönnerhaft, seine Augen funkelten. „Nicht weil ich Reue verspüre, sondern weil ich es will."

Gheorghe, der Diener, nickte stumm, das Gesicht bleich, als er sich tief verneigte und den kostbaren Ring entgegennahm. Er wusste, dass dieses Geschenk nichts weiter war als ein Ausdruck von Vlads wechselhafter Laune – **ein grausames Spiel** der Macht, das er nie hinterfragen konnte. Doch der Diener schluckte den Ekel herunter und trat zurück in den Schatten, wo er die Geschehnisse des Abends aufmerksam und verstohlen verfolgte.

Vlad wandte sich nun seinem nächsten Vergnügen zu. **Die dralle blonde Schönheit**, die er am Tag zuvor ausgesucht hatte, stand bereits bereit. Sie war gerade **19 Jahre alt**, jung und wunderschön, mit üppigem Busen und goldenen Locken, die über ihre Schultern fielen. **Ihre Familie waren einfache Bauern**, fleißige Leute, die nie in die Abgründe der Welt ihres Herrschers geblickt hatten. Und nun stand sie hier, unschuldig und voller Träume, während Vlad sich mit einer Mischung aus Neugier und Genusssucht zu ihr gesellte.

„Erzähl mir von deinem Leben," forderte er sie auf, seine Stimme sanft, fast verführerisch. „Was sind deine Pläne, deine Träume?"

Mit großen, unsicheren Augen erzählte sie ihm von
ihrem kurzen Leben, von ihrer Familie, den harten
Tagen auf dem Feld und ihrem Wunsch, eines Tages
einen **guten Mann** zu finden, um mit ihm eine
Familie zu gründen. Vlad hörte aufmerksam zu, auch
wenn die Geschichte für ihn **nichts Neues** war.
Wieviele tausend Male hatte er diese
Geschichte schon gehört, bevor er sie mit einem
einzigen, gezielten Biss beendete?

Doch während sie sprach, wurde Vlad von einem
inneren Hunger ergriffen, ein Verlangen, das er seit
Jahrhunderten nicht gestillt hatte. Als sie ihre letzten
Worte sprach, zögerte er nicht länger. Mit einem
schnellen, präzisen Griff zog er sie in seine Arme und
senkte seine Zähne in ihre Halsschlagader. Sie
schauderte leicht unter seinem Griff, doch der
Schmerz verwandelte sich schnell in eine seltsame,
unerklärliche Ekstase. **Sie starb klaglos**, ohne
Schmerz, ohne Widerstand, wunderschön und
friedlich in seinen Armen.

Das warme Blut, das in seinen Mund floss, entfachte in Vlad eine alte, vergessene Leidenschaft. **Seine Manneskraft wurde geweckt**, und während das Leben aus ihrem Körper wich, fühlte er ein unbändiges Verlangen, das ihn überwältigte. Er warf ihren leblosen Körper auf den Boden und gab sich seinen triebhaften Gelüsten hin, getrieben von dem Blutrausch und der Macht, die er verspürte.

Immer wieder nahm er sie, ihr kalter Körper wurde sein Besitz, bis der Rausch allmählich abebbte und er sie losließ. **Das Vergnügen wich einer Leere**, wie es immer geschah, wenn der Blutdurst und die Lust gesättigt waren. Für einen Moment blieb Vlad regungslos stehen, während die Euphorie verblasste.

Hinter einem **roten Samtvorhang** stand **Gheorghe**, der Diener, und beobachtete das Geschehen mit einem tiefen, inneren Abscheu. Sein Herr war **eine Bestie**, ein grausames Monster, das nicht nur das Leben nahm, sondern auch die Würde seiner Opfer mit Füßen trat. Gheorghe, der den Eltern des Mädchens nahegestanden hatte, ballte die Fäuste, während er versuchte, den Anblick zu ertragen.

„**Du alte Bestie**,“ murmelte er leise, mehr zu sich selbst als zu irgendjemandem im Raum. „**Du grausames Biest**.“

Doch er konnte nichts tun. Er war gefangen, ein Diener in den Fängen eines unsterblichen Tyrannen, der ohne Gewissen oder Gnade regierte. **Die Wut in ihm brodelte**, doch er wusste, dass er sich nicht auflehnen konnte. Stattdessen drehte er sich um, seine Hände zitterten vor unterdrücktem Zorn und Abscheu.

Er wusste, dass es seine Aufgabe sein würde, den Eltern des Mädchens zu erklären, warum ihre Tochter niemals nach Hause zurückkehren würde. **Ein Unfall**, würde er sagen. **Sie sei beim Putzen der Lampen gestürzt**. Es war eine billige Lüge, aber in all den Jahren hatte niemand je an den Erklärungen gezweifelt. Die Macht von Vlad Donja hielt die Menschen im Dorf in Angst und Schweigen.

Voller Abscheu wandte sich Gheorghe ab und ging in den hinteren Teil des Schlosses. **Er besorgte einen schwarzen Leichensack** und eine Schubkarre, wie er es so oft getan hatte. **Das Leben eines Dieners in der Welt der Vampire war ein endloser Kreislauf des Todes**, und Gheorghe wusste, dass seine Rolle darin nichts weiter war als die eines stillen Zeugen und Handlangers.

Kapitel 29: Die Entdeckung der Wahrheit

Johannes lag in seinem Bett in der psychiatrischen Klinik, doch der Schlaf wollte ihn nicht finden. Seine Gedanken kreisten um **Horst Dieter**, die mysteriöse Frau auf dem Friedhof und vor allem um **Donja Luisa**. Es gab zu viele unbeantwortete Fragen, und je mehr Johannes über Horsts Erzählungen nachdachte, desto tiefer bohrte sich das Gefühl in ihm fest, dass ihre Geschichten auf unheimliche Weise miteinander verbunden waren.

Er fasste einen Entschluss: **Er musste mehr über Donja Luisa erfahren** und herausfinden, was sie mit Horst und möglicherweise mit ihm selbst zu tun hatte. Die einzige Möglichkeit, dies herauszufinden, war, die Klinik zu verlassen und zu suchen, wo immer sie sich verstecken mochte. Doch um sicherzugehen, dass er auf dem richtigen Weg war, musste er zuerst die Akte von Horst Dieter durchsehen.

Heute Nacht würde er es wagen.

Er kannte die Routine der alten Nachtschwester gut genug, um zu wissen, wann er ungesehen in das Schwesternzimmer gelangen konnte. Sie schlurfte langsam durch die Flure und machte nur alle paar Stunden einen Rundgang. Johannes hatte sie sogar schon schlafend am Schreibtisch vorgefunden, eine halbleere Schachtel Pralinen neben sich, deren Schokoladenreste sie sabbernd auf die Patientenakten tropfen ließ. Diese Nachlässigkeit der Nachtwache war seine Gelegenheit.

Es war nach Mitternacht, als er die Schritte der Schwester hörte, die sich in Richtung des Zimmers einer älteren Patientin entfernten, die oft lange

Pflege brauchte. **Jetzt oder nie**, dachte er.

Johannes schlich leise aus seinem Bett und öffnete
vorsichtig die Zimmertür. Er trug nur seinen
Morgenmantel, darunter nichts als Schlafanzug und
Socken. Er huschte den Flur entlang, vorbei an den
anderen Zimmern, in denen die Patienten tief in
ihren Träumen gefangen waren. Der Mondschein,
der durch die hohen Fenster fiel, war seine einzige
Beleuchtung, doch es reichte aus, um sich
zurechtzufinden.

Im Schwesternzimmer angekommen, fand er die Tür
leicht angelehnt. **Perfekt**. Die Schwester war bei
der Pflege beschäftigt und würde lange genug
abgelenkt sein, um ihm genügend Zeit zu
verschaffen.

Im Schwesternzimmer angelangt, blickte Johannes
sofort zum Schreibtisch. **Die Akten**. Sie waren
sorgfältig gestapelt und beschriftet, und es dauerte
nicht lange, bis er die von **Horst Dieter** fand. Es
war, als hätte das Schicksal die Tür zur Wahrheit

direkt vor ihm geöffnet.

Er schob die Akte unter seinen Morgenmantel und schlich so leise wie möglich zurück in sein Zimmer. **Kein Laut** durfte die alte Schwester auf ihn aufmerksam machen. Die Gänge waren still, und Johannes konnte das leise Ticken der Wanduhr hören, die das Verstreichen der Minuten markierte.

Zurück in seinem Zimmer setzte er sich auf das Bett und zog die Akte hervor. **Sein Herz raste**, als er sie aufschlug und zu lesen begann. Was er da las, ließ ihm den Atem stocken.

Horsts Lebensgeschichte war in nüchternen Worten beschrieben – seine Einweisung in die Klinik, die Wahnvorstellungen, die Erzählungen über **Donja Luisa**. Doch dann stieß Johannes auf einen Abschnitt, der seine Hände zittern ließ. Es gab detaillierte Notizen über **Donjas Familie** – nicht nur aus Horsts eigenen Erzählungen, sondern aus **alten Quellen**, die im Rahmen der psychiatrischen Behandlung hinzugezogen worden waren. Es schien, als hätten die Ärzte früher versucht, eine Verbindung zwischen Horsts „Wahnvorstellungen" und tatsächlichen historischen Aufzeichnungen herzustellen.

Johannes las von **Donja Luisas Abstammung**. Sie gehörte zu einer alten Adelsfamilie aus den **Karpaten**, die seit Jahrhunderten in Verbindung mit Vampirlegenden stand. **Graf Stanislav von Bran**, der Name fiel in den Dokumenten wiederholt. **Vlad Donja**, ein mächtiger Vampirherrscher, war ebenfalls erwähnt. **Diese Namen** kamen Johannes bekannt vor – Horst hatte von ihnen gesprochen, und auch in Johannes' Träumen tauchten diese Figuren immer wieder auf.

Was ihn jedoch am meisten erschütterte, war ein Hinweis auf **ein Kind**. Horst hatte offenbar nie gewusst, dass Donja Luisa eine Tochter hatte, die sie weit weg von ihm aufgezogen hatte – unter dem Schutz ihrer vampirischen Familie. **Donja**, die Tochter von Donja Luisa, war möglicherweise diejenige, die Johannes in seinen Träumen verfolgte. **Konnte es sein, dass die Frau, die er in seinen Albträumen als seine Braut sah, tatsächlich die

Tochter der Frau war, die Horst einst geliebt hatte?
**

Die Verbindung war offensichtlich. **Die Legenden waren wahr**. Und Johannes, ob er wollte oder nicht, war in diese düstere Welt hineingezogen worden.

Er ließ die Akte sinken und starrte in die Dunkelheit seines Zimmers. **Donja Luisa war noch am Leben**, irgendwo da draußen, in den Schatten der Karpaten, oder vielleicht schon näher, als er dachte. Und ihre Tochter – **seine Donja** – war der Schlüssel zu all dem.

Er musste mehr herausfinden, und dafür musste er die Klinik verlassen, egal, was es kostete. Er war entschlossen, die Wahrheit zu erfahren, und die Spuren führten eindeutig zurück zu Donja Luisas Vergangenheit.

Der Morgen konnte nicht schnell genug kommen.

Kapitel 30: Der Blutig Verhandelte Frieden

Donja stand vor dem großen Spiegel im prächtigen Brautsaal des Schlosses, in ihrem **schweren, weißen Hochzeitskleid** der Donja-Vampire und dem funkelnden Schmuck aus Rubinen und Diamanten, die in der Kerzenbeleuchtung glitzerten. Jeder einzelne Schritt, jedes gesprochene Wort musste bei der Hochzeit perfekt sein. Sie hatte die letzten Stunden damit verbracht, die **zeremoniellen Abläufe** zu üben, und der Junge aus dem Dorf, **Patrizio**, spielte die Rolle von Graf Stanislav auf dem Weg zum Traualtar.

Gemeinsam mit dem Pfarrer probten sie die richtigen Antworten, die Perfektion von Worten und Gesten. **Donja** fühlte sich erdrückt von dem Gewicht der Tradition, aber sie wusste, dass sie diese Rolle spielen musste – für ihre Familie, für ihren Aufstieg, und für die Macht, die sie durch diese Verbindung erlangen würde.

Doch nach der anstrengenden **Generalprobe**

verspürte Donja das Bedürfnis nach Ablenkung. Sie war noch nicht bereit, den traditionellen Pflichten eines Blutsbundes nachzugeben, die diese Hochzeit mit Graf Stanislav mit sich bringen würde. **Patrizio**, der junge Dorfjunge, der so unschuldig und doch verzaubert von ihr war, bot sich an, ihre Gedanken zu vertreiben. Sie lud ihn auf ein Glas Wein in die **von Efeu überwucherte Gartenlaube** ein, ein abgeschiedener und dunkler Ort, der perfekt für ein weiteres Spiel mit der Versuchung schien.

Ahnungslos, aber von seiner eigenen Leidenschaft getrieben, nahm Patrizio die Einladung an. Er hatte sich Hals über Kopf in die schöne Vampirin verliebt und hoffte, sie zu verführen, bevor sie den Grafen heiratete. **Die Gartenlaube** schien ihm der perfekte Ort für dieses gefährliche Spiel. Der Mond, fast voll, stand hoch über den alten Tannen, als sie sich leidenschaftlich in den Schatten der Dämmerung übereinander herfielen. Sie rissen sich gegenseitig die Kleider vom Leib, als ob die Nacht nur ihnen gehörte, und gaben sich in einem Rausch von Lust und Verlangen hin.

Donja, durch die verbotene Leidenschaft und

das Blutrauschen in ihren Adern entfacht, fühlte sich in diesem Moment unbesiegbar. Doch im Verborgenen beobachteten sie hungrige Augen. **Graf Stanislav**, der alte und mächtige Vampir, der die Gerüchte über ihre Untreue vernommen hatte, war rasend vor Eifersucht.

Mit einer wütenden Bewegung verwandelte sich Graf Stanislav in eine **Fledermaus** und flog durch die Wälder, den Pfad entlang, auf dem sich Patrizio gerade zurück zum Schloss machte. Die dunklen Flügel des Grafen schnitten lautlos durch die Nacht, bis er schließlich vor dem jungen Mann erschien und seine monströsen, scharfen Zähne entblößte. Patrizio, der gerade noch in Gedanken an Donjas Berührungen war, erstarrte vor Entsetzen.

„**Du hast dich mit der falschen Frau eingelassen**," zischte Stanislav und packte den Jungen am Kragen. Patrizio versuchte sich zu wehren, doch die Macht des Grafen war überwältigend. Mit einer Kraft, die über das Menschliche hinausging, erhob sich Stanislav in die Lüfte und trug den zitternden Patrizio wie ein

Kaninchen in den Fängen eines Raubtiers.

Weit flog der Graf, über die dunklen Gebirge, bis zu einer unzugänglichen Klippe. Ohne ein weiteres Wort ließ er den Jungen in die tiefe Schlucht fallen. **Patrizio schrie vor Entsetzen**, doch es gab keine Rettung. Sein Körper zerschmetterte an den schroffen Felsen, die Glieder zerbrachen, und sein Kopf wurde in der Tiefe zermalmt. **Ein kurzes Leben, das für eine kurze Leidenschaft geopfert wurde.**

Graf Stanislav, nun von seinem Racheakt erfüllt, flog zurück zum Schloss, seine Wut jedoch noch immer ungestillt. Er wollte sich jetzt **Donja** vornehmen, seine untreue Verlobte. Die Eifersucht brannte in seinen Augen, als er auf das Schloss zuraste, um sie zur Rechenschaft zu ziehen. Doch als er ankam, wartete bereits **Vlad Dorja**, Donjas Vater, auf ihn.

Vlad hatte bereits von der aufkeimenden Wut Stanislavs erfahren und wollte die Dinge diplomatisch lösen, bevor das Blutvergießen den Verlauf der bevorstehenden Hochzeit ruinierte. „**Beruhige dich, alter Freund,**" sagte Vlad mit einer Mischung aus ruhiger Autorität und unterdrücktem Amüsement. „Es gibt keinen Grund, diese Hochzeit zu ruinieren. Was geschehen ist, ist bedauerlich, aber wir können das in anderer Weise klären."

Doch **Stanislav** war nicht leicht zu beruhigen. „Sie hat mich betrogen," knurrte er, seine Vampirzähne glitzerten im Mondlicht. „Das kann ich nicht einfach so hinnehmen."

Vlad, stets ein Meister der Diplomatie, wusste genau, wie er den alten Vampir besänftigen konnte. „Lass uns die Sache in aller Vernunft lösen. Als Entschädigung biete ich dir fünf meiner schönsten Bräute an. **Du kannst sie noch heute Nacht nehmen**, und danach steht es dir frei, sie auszusaugen. Sie werden dir willig zu Diensten sein."

Stanislav hielt inne, das Angebot klang

verlockend. **Fünf Bräute**, die er nach Belieben quälen und sich an ihnen laben konnte – ein Angebot, das schwer abzulehnen war. Seine Wut verflüchtigte sich allmählich, und ein kaltes Lächeln legte sich auf sein Gesicht.

„**Einverstanden,**" sagte er schließlich, seine Augen funkelten vor Gier. „Aber diese Hochzeit wird stattfinden. Und ich will sicher sein, dass es keine weiteren Vorfälle gibt."

Vlad lächelte zufrieden. „Keine Sorge, Stanislav. Alles wird wie geplant ablaufen."

Die **alten Vampire** amüsierte dieses blutige Geschäft. Die Vorstellung, dass ein paar Leben mehr oder weniger den Verlauf von Ehen und Bündnissen ändern könnten, war für sie nichts als ein Spiel. **Donjas Untreue** wurde durch den Handel von Leben gelöst, und für sie bedeutete es nichts weiter als ein weiteres Kapitel in der langen Geschichte ihrer unsterblichen Machtspiele.

Graf Stanislav war beruhigt, und die Hochzeit konnte wie geplant stattfinden – doch die Spuren von Blut und Tod würden für immer im Schatten dieser Nacht verbleiben.

Kapitel 31: Der Fackelzug des Aufstands

Die Stimmung im Dorf war aufgeheizt. **Immer mehr Leichen** wurden in den letzten Wochen aus den Wäldern und Feldern geborgen – junge Frauen, Jungen, alle auf grausame und unheimliche Weise getötet. **Die Dorfbewohner konnten es nicht länger ertragen**. Die offizielle Erklärung, es seien Unfälle oder tragische Unglücke gewesen, überzeugte niemanden mehr. Zu viele Leichen, zu viele Fragen, und zu wenig Antworten. **Es war klar, dass etwas im Schloss nicht stimmte**, und die Dorfbewohner hatten genug von der Angst und den dunklen Schatten, die über ihrem Leben schwebten.

In der kleinen Kirche des Dorfes trafen sie sich. **Eine Bürgerinitiative wurde gegründet**, angeführt von den entschlossenen Männern und

Frauen, die das Unrecht nicht länger hinnehmen wollten. Sie planten einen **Aufstand** und wollten die Herren des Schlosses – Vlad Donja und Graf Stanislav – zur Rede stellen.

„**Wir müssen das Schloss stürmen und diese Kreaturen zur Verantwortung ziehen,**" rief der Pfarrer, der fest entschlossen war, das Böse zu bekämpfen. **Er führte die aufgebrachte Menge an**, ein großes Kreuz in seinen Händen, während die **Messdiener** an seiner Seite Weihrauchgefäße schwangen, die Rauch in die kalte Nachtluft entließen.

Mit Fackeln, Mistgabeln, Harken, Messern und Macheten bewaffnet, machten sich die Dorfbewohner auf den Weg. **Ein wütender Fackelzug**, angeführt vor der Überzeugung, dass sie das Schloss zur Rechenschaft ziehen mussten. **Johlend und grölend**, mit leuchtenden Fackeln in den Händen, marschierten sie durch die dunkle Nacht. Jeder von ihnen trug etwas aus Silber bei sich, denn die alten Geschichten über Vampire waren ihnen nicht mehr fremd. „**Sicher ist sicher,

**" hatte der Pfarrer ihnen gesagt.

Als sie vor dem **Schlosstor** ankamen, blieb alles
still. Das Schloss wirkte düster und verlassen, als ob
es den Aufstand der Dorfbewohner nicht wahrnahm.
Die großen, alten Holztore, verziert mit
kunstvoll geschwungenen Eisenverzierungen, blieben
fest verschlossen, und nicht der geringste Laut war
aus dem Inneren des Schlosses zu hören.

Die Menge johlte und forderte lautstark, dass man
sie hineinlassen solle. Sie verlangten Gerechtigkeit
und wollten Antworten auf die schrecklichen
Todesfälle, die das Dorf plagten. Doch es blieb alles
still.

„**Lasst uns rein, ihr feigen Bestien!**" rief ein
Mann, seine Stimme voller Wut und Verzweiflung.
Doch keine Antwort kam.

Die Dorfbewohner begannen unruhig zu werden,
einige von ihnen dachten bereits daran, den

Aufstand abzubrechen und zurück ins Dorf zu gehen. Doch gerade in dem Moment, als sich die ersten umdrehen wollten, geschah es.

Das große, uralte Holztor öffnete sich mit einem lauten, kreischenden Geräusch, als ob es von unsichtbaren Händen geführt wurde. **Kein Diener, keine Wachen** waren zu sehen. Das Tor stand einfach offen, und die Nachtwind wehte unheilvoll durch den Schlosshof, der dahinter lag.

Die Dorfbewohner erstarrten. **Etwas stimmte nicht.** Das Gefühl von Unsicherheit kroch in ihre Herzen. Sie hatten nicht erwartet, dass sich die Tore so leicht öffnen würden. **Die Dunkelheit im Schlosshof** wirkte einladend und zugleich bedrohlich. **Kein Licht**, kein Geräusch, nichts deutete darauf hin, dass sie willkommen waren.

„**Wir müssen vorsichtig sein,**" murmelte der Pfarrer, doch seine Stimme zitterte leicht. „**Lasst uns beten.**" Er begann ein leises Gebet, das schnell von den anderen aufgegriffen wurde, als sie vorsichtig in den Schlosshof eintraten.

Der Schlosshof war weit und leer, und die Dunkelheit lag wie ein dichter Schleier über allem. Die Fackeln der Dorfbewohner warfen flackernde Schatten an die alten Steinmauern, doch nichts regte sich. **Eine unheilvolle Stille** lag über dem Ort, und die Menge begann sich immer unwohler zu fühlen.

„**Wir sollten nicht hier sein,**" flüsterte eine Frau in der Menge, doch niemand antwortete ihr.

Plötzlich öffnete sich ein weiteres Tor, das zur **schlosseigenen Kapelle** führte. Drinnen brannten Kerzen, und ein sanftes Licht erfüllte den Raum. **Die Dorfbewohner** zögerten. **Die Kapelle** sah einladend aus, und im Vergleich zur Dunkelheit des Schlosshofs schien sie fast wie ein sicherer Zufluchtsort.

„**Es ist besser, drinnen zu sein als draußen in der

Dunkelheit,**" sagte der Pfarrer und führte die Gruppe langsam in die Kapelle hinein. **Sie folgten ihm**, ihre Fackeln in den Händen, während die Messdiener weiterhin Weihrauch schwangen, um die Luft zu reinigen.

Doch kaum hatten sie die Kapelle betreten, schlug das große Tor mit einem ** auten Ruck** zu. Der Knall hallte durch den Raum, und die Dorfbewohner drehten sich erschrocken um. **Das Tor war fest verschlossen**. Niemand von ihnen hatte es bewegt, und es gab keine sichtbaren Mechanismen, die es hätten schließen können.

„**Wir sind gefangen,**" flüsterte jemand panisch. Die Dorfbewohner rückten näher zusammen, während die Kerzen in der Kapelle sanft flackerten.

Der Pfarrer hob erneut sein Kreuz und begann, lauter zu beten. „**Herr, beschütze uns vor dem Bösen, das in diesen Mauern wohnt. Führe uns durch diese Dunkelheit und gib uns die Kraft, den Feind zu besiegen.**"

Doch während er sprach, begann ein kühler Wind durch die Kapelle zu wehen, und die **Flammen der Kerzen** flackerten stärker. **Ein leises, bösartiges Lachen** schien in der Ferne zu erklingen, und die Dorfbewohner konnten spüren, dass sie nicht allein waren. **Etwas lauerte in den Schatten**, unsichtbar und doch unübersehbar.

Der Aufstand, der so entschlossen begonnen hatte, verwandelte sich in einem Moment in pure Angst. **Die Türen waren verschlossen**, und die Dunkelheit des Schlosses begann, ihre Seelen zu umschließen.

Kapitel 32: Der Abgrund der Dunkelheit

Das **Grollen** begann leise, ein tiefes, unheilvolles Geräusch, das aus den Tiefen der **Kapellendecke** zu kommen schien. Es wuchs rasch an, bis es wie Donner über die verängstigten Bürger hinwegrollte, die sich verzweifelt an ihre Fackeln klammerten und sich näher zusammenrückten. Die **Kerzen** auf den Altären flackerten noch einmal heftig auf, bevor sie **plötzlich erloschen**, als hätte eine unsichtbare Hand ihnen das Leben genommen.

In dieser Sekunde senkte sich eine **undurchdringliche Dunkelheit** über die Kapelle. **Eine Dunkelheit, wie sie keiner von ihnen jemals gekannt hatte**, so tief und allumfassend, dass es sich anfühlte, als würde sie selbst das Licht der Fackeln verschlingen. Die Luft war dick, schwer, und jedes Geräusch – selbst das leise Rascheln von Stoff oder das Zittern der Atemzüge – wurde von der schaurigen Stille verschluckt.

Panik machte sich in der Menge breit. Der Pfarrer hielt das Kreuz fest umklammert, doch selbst sein Glaube schien in diesem Moment zu wanken. „**Herr, hilf uns, beschütze uns vor diesem Übel,**" flüsterte er heiser, doch seine Worte wurden von der Dunkelheit verschlungen.

„**Was geschieht hier?**" rief einer der Männer mit Fackel in der Hand. **Die Fackel flackerte schwach**, als ob auch ihr Licht jeden Moment

verlöschen könnte, und er hielt sie schützend vor
sich.

Schritte – oder war es nur das Einbilden ihrer
Ohren? – hallten leise durch die Kapelle. **Etwas**
bewegte sich in der Dunkelheit, unsichtbar, aber
spürbar. Ein leises, fast unhörbares Flüstern kroch
durch die Schwärze, wie ein kalter Hauch, der sich an
ihre Nacken schmiegte.

„**Seid stark! Betet!**" rief der Pfarrer, doch seine
Stimme war nun brüchig. **Das Kreuz** in seiner
Hand schien schwerer zu werden, als ob die
Dunkelheit es langsam nach unten zog.

In der Stille, die folgte, fühlten die Bürger, wie die
Wände der Kapelle enger wurden. **Es gab kein
Entkommen.** Die Türen waren verriegelt, und in
der Finsternis war keine Fluchtmöglichkeit zu sehen.

Dann, aus der Dunkelheit heraus, ertönte ein leises,
bösartiges **Lachen**. Es war kein menschliches

Lachen – es klang fremd, verzehrend, als ob es aus den Tiefen der Hölle selbst käme. **Ein kalter Schauer** lief durch die Menge, und einige begannen panisch zu schreien.

„**Vater, wir müssen hier raus!**" rief eine Frau verzweifelt, ihre Stimme erstickte beinahe an der Angst. **Ihre Fackel verlosch**, und sie verschwand im Schatten.

Das **Grollen** wurde lauter, und plötzlich spürten sie, wie der Boden unter ihren Füßen bebte. **Etwas** war unter ihnen, tief in den Fundamenten des Schlosses – etwas, das nun erwachte.

Die Dunkelheit drang tiefer in ihre Seelen ein, bis jeder einzelne Bürger in der Kapelle spürte, dass dies **kein Ort der Zuflucht** war. Die Kapelle, einst ein Symbol des Schutzes und des Glaubens, war nun zu einer **Falle** geworden, in der sie den dunklen Mächten, die das Schloss regierten, ausgeliefert waren.

Plötzlich ertönte ein lauter, ohrenbetäubender **Knall** von der Kapellendecke. **Stein und Mörtel** bröckelten herab, und die Menge stieß schmerzerfüllte Schreie aus, als sie versuchten, sich vor den herabfallenden Trümmern zu schützen.

„**Wir müssen raus hier!**" schrie einer der Männer, doch **die Türen** waren fest verschlossen, und die Dunkelheit ließ keinen Ausweg erkennen.

Da, inmitten des Chaos, flackerte ein einzelnes Licht auf. **Ein Licht**, das aus dem Nichts kam, wie eine Glut, die tief in der Kapelle aufflammte. **Vlad Donja** und **Graf Stanislav** traten aus dem Schatten, ihre Augen leuchteten rot in der Finsternis, während sie mit einem vergnügten, schadenfrohen Lächeln die Menge betrachteten.

„**Ihr seid gekommen, um uns zur Rede zu stellen, **" sagte Vlad leise, doch seine Stimme hallte wie ein Echo durch die Kapelle. „**Nun, hier sind wir.**"

Stanislav lachte bösartig. „**Und doch habt ihr den Tod zu uns gebracht, ohne es zu wissen.**"

Die Bürger, eingeschlossen in der Kapelle, waren nun dem Bösen gegenübergestellt, das sie bekämpfen wollten. **Ihre Fackeln verloschen endgültig**, und die Dunkelheit schloss sich wie ein kalter Mantel um sie, während **Vlad** und **Stanislav** sich näher an die verzweifelte Menge heranbewegten.

Es gab keinen Ausweg.

Kapitel 33: Die Rettung der Hochzeitsgäste

Donja lief hastig durch die langen, dunklen Korridore des Schlosses, ihr weißes Hochzeitskleid raschelte bei jedem Schritt. Sie hatte von dem **Tumult in der Kapelle** gehört und spürte, dass etwas Furchtbares vor sich ging. **Ihr Vater Vlad Donja** und **Graf Stanislav** waren bekannt für ihre Unbarmherzigkeit, und in ihrer blutgierigen Wut konnten sie das halbe Dorf auslöschen, ohne mit der Wimper zu zucken. Sie durfte das nicht zulassen – nicht an dem Vorabend ihrer Hochzeit.

Als Donja die **Kapelle** erreichte, spürte sie die Spannung in der Luft. **Die Tür war verschlossen**, doch sie stieß sie mit einer einzigen Handbewegung auf. **Der Anblick**, der sich ihr bot, ließ ihr das Blut in den Adern gefrieren.

Vlad Donja und **Graf Stanislav** standen in der Mitte der Kapelle, ihre Augen glühten rot in der Dunkelheit, und sie waren im Begriff, die **verängstigten Dorfbewohner** auszusaugen. Die Menschen hatten sich in die Ecken der Kapelle gedrängt, einige knieten am Boden und beteten, während andere starr vor Angst standen. **Der Pfarrer**, der sein Kreuz immer noch fest umklammerte, war bereits vor Erschöpfung und Panik auf die Knie gefallen, unfähig, weiterzusprechen.

Donja schrie laut auf, ihre Stimme durchdrang

die Kapelle wie ein Donnerschlag. „**Lasst sie in Ruhe!**" rief sie, und ihre Stimme hallte in der steinernen Halle wider. Sie rannte auf die beiden Vampire zu und stellte sich mit **ausgebreiteten Armen** vor die Dorfbewohner. „**Sie sind meine Hochzeitsgäste!** Niemand krümmt ihnen ein Haar, sonst verlasse ich noch heute Rumänien!"

Vlad Donja und **Graf Stanislav** hielten inne. Sie sahen überrascht auf ihre Tochter und Verlobte, die so entschlossen zwischen ihnen und den hilflosen Menschen stand. Ihre Augen verengten sich, doch sie wagten es nicht, sofort zu handeln. Donja war ihre **Schlüsselverbindung** zur Zukunft, und die Aussicht, sie zu verlieren, war für beide unvorstellbar.

„**Was soll das, Donja?**" fragte Vlad, seine Stimme tief und grollend. „Diese Menschen wollten uns herausfordern. Sie haben sich das selbst zuzuschreiben."

Doch Donja schüttelte entschieden den Kopf. „**Es

ist mein Hochzeitstag. Sie sind gekommen, um zu sehen, was hier vor sich geht, weil sie Angst haben. ** Ihr könnt nicht einfach das halbe Dorf auslöschen, als wären sie Tiere. **Das hier ist meine Nacht, und ich lasse es nicht zu, dass ihr sie ruiniert.**"

Stanislav schaute von Vlad zu Donja, seine Lippen verzogen sich zu einem ungeduldigen Lächeln. „**Sie haben uns provoziert, Donja. Du weißt, dass wir unsere Macht zeigen müssen.**"

„**Nicht heute.**" Donjas Augen blitzten vor Entschlossenheit. „**Sonst werde ich euch beide verlassen und nie wieder zurückkehren.**"

Das brachte beide Vampire zum Schweigen. **Vlad Donja und Graf Stanislav** sahen sich betreten an. Sie wussten, dass Donja es ernst meinte. Ihre Liebe zur Freiheit und ihre Unabhängigkeit hatten sie immer schon stark gemacht. Der Gedanke, sie zu verlieren, war ein zu großes Risiko – besonders für Stanislav, der durch diese Heirat nicht nur Macht, sondern auch Prestige gewinnen würde.

Nach einem langen, spannungsgeladenen Moment seufzte Vlad. Er gab klein bei. „**Nun gut.**" Seine Augen funkelten vor Zurückhaltung, doch er trat zurück und ließ die Dorfbewohner los. **Stanislav** folgte seinem Beispiel, wenn auch widerwillig.

„**Lasst uns gehen,**" sagte Stanislav, seine Stimme angespannt. „Es ist ihre Nacht."

Die beiden Vampire verließen den Ort des Geschehens, und die dunkle Energie, die die Kapelle erfüllt hatte, begann sich langsam aufzulösen. **Donja** atmete tief durch, doch sie wusste, dass ihre Aufgabe noch nicht beendet war. Die **Dorfbewohner** waren verstört, einige von ihnen standen regungslos da, andere waren zu Boden gesunken, erschöpft von der Angst und der Ohnmacht, die sie gerade durchlebt hatten.

Mit einem ruhigen, kontrollierten Tonfall erhob Donja die Hände und **murmelte die Vergessenheitsformel**, eine uralte Magie, die die

Erinnerung an die letzten Ereignisse aus den Köpfen der Dorfbewohner tilgen würde.

„**Mnesi nexi, oblivio eterna,**" sprach sie sanft und ließ die Worte in die Luft gleiten. Ein schwacher Wind wehte durch die Kapelle, und die Dorfbewohner begannen, ihre Schultern zu entspannen und ihre verkrampften Gesichter glätteten sich. **Die Erinnerungen an das Grauen** verblassten, und in ihren Köpfen kehrten nur vage, unwichtige Gedanken zurück.

Einer nach dem anderen begannen die Dorfbewohner, **ohne zu wissen, was gerade geschehen war**, die Kapelle zu verlassen. Sie wanderten wie Schlafwandler in die kalte Nacht hinaus und machten sich auf den Heimweg, als hätten sie nur an einem gewöhnlichen Gottesdienst teilgenommen. **Der Pfarrer**, noch immer das Kreuz umklammernd, wankte ebenfalls hinaus, sein Gesicht friedlich, als ob ihm eine schwere Last von den Schultern genommen worden wäre.

Donja stand alleine in der Kapelle, das leise Flackern der verbliebenen Kerzen beleuchtete ihren stillen Ausdruck. Sie hatte die Dorfbewohner gerettet – für heute. Doch tief in ihrem Inneren wusste sie, dass dies nur eine vorübergehende Lösung war. **Die Dunkelheit, die über ihrer Familie und dem Schloss hing, würde nicht so leicht verschwinden.**

Sie blickte in die Ferne, dorthin, wo Vlad und Stanislav verschwunden waren. **Der Kampf um ihre eigene Freiheit und ihre Menschlichkeit** war noch lange nicht vorbei.

Mit einem letzten Blick auf die verbliebenen Schatten in der Kapelle verließ sie den Ort und schloss die schweren Holztüren hinter sich. **Morgen** würde die Hochzeit stattfinden – aber die Zukunft, die danach auf sie wartete, war in Nebel gehüllt.

Kapitel 34: Die Konfrontation auf dem Friedhof

Donja Luisa erwachte in ihrem **schwarzen

Sarg**. Der Sarg war ihr einziger Ruheort, ein stiller Kokon, in dem sie sich vor der Außenwelt und vor ihren eigenen unruhigen Gedanken zurückziehen konnte. Doch an diesem Abend, dem **Vorabend der Hochzeit ihrer Tochter Donja**, war der Schlaf unruhig und schwer gewesen. **Horst Dieter**, die einzige Person, die sie je wirklich geliebt hatte, ging ihr nicht aus dem Kopf.

Sie trat aus dem kühlen, dunklen Inneren der Gruft in die kalte Nacht. Der Wind pfiff durch die kahlen Äste der Bäume, und der Mond hing tief und schwer über dem alten Friedhof. **Ihr Herz**, so tot es auch war, war noch immer von der Sehnsucht nach Horst gequält. Sie hatte versucht, für ihn Mensch zu werden, doch das Schicksal hatte ihnen keine Zeit gelassen. **Horst war tot**, und sie konnte nichts mehr tun, als sich in **stiller Zwiesprache** an seinem Grab mit ihren eigenen Dämonen auseinanderzusetzen.

Zur gleichen Zeit war auch **Johannes** auf dem Weg zum Friedhof. Seit er die Wahrheit über **Donja Luisa** und ihre Verbindung zu Horst erfahren hatte, wusste er, dass er mit ihr sprechen musste. Es war mehr als nur Neugier – es war eine dringende Notwendigkeit. Irgendetwas verband sie alle miteinander, und er musste verstehen, was dieses Netz aus Schicksal und Dunkelheit bedeutete.

Als Johannes den Friedhof erreichte, hielt er inne und sah die Schatten der hohen Grabsteine vor sich, die im Mondlicht gespenstische Formen annahmen. **Sein Atem** kam in flachen, nebligen Wölkchen aus seinem Mund, und sein Herz schlug schneller, als er die **gebeugte Gestalt** vor einem der Gräber erkannte.

Donja Luisa stand vor dem Sarg von Horst Dieter, ihre Schultern schwer, als sie leise mit sich selbst sprach. Ihre schwarze Kleidung verschmolz fast mit der Dunkelheit, doch die melancholische Eleganz, die sie umgab, machte sie zu einem unverkennbaren Anblick. **Johannes** trat vorsichtig näher, unsicher, wie er sich nähern sollte. Doch er wusste, dass dies die einzige Chance war, Antworten zu bekommen.

„**Donja... Luisa?**" flüsterte er vorsichtig in die kalte Nacht, um sie nicht zu erschrecken.

Donja Luisa fuhr herum, ihre Augen blitzten rot auf, und mit einem erschreckenden Zischen entblößte sie ihre **Vampirzähne**. Ihre graziöse Erscheinung verwandelte sich augenblicklich in eine bedrohliche Gestalt, und in ihren Augen lag ein uralter, ungezähmter Hunger. Sie war nicht mehr die Trauernde – sie war ein **Raubtier**.

Mit schnellen Schritten ging sie auf Johannes zu, ihre Zähne gefährlich gebleckt, bereit, ihn anzugreifen. **Johannes wich zurück**, doch er wusste, dass er keine Chance hatte, ihr zu entkommen. **In einem unbeobachteten Moment** hatte er jedoch etwas zurückgeholt, das nun seine einzige Hoffnung war.

Mit zitternden Händen griff er in seine Jackentasche und zog **das Amulett der Drachenkönigin** hervor. **Das Amulett**, das er einst Donja schenken wollte, ohne zu wissen, was es wirklich bedeutete. Es war eine uralte Waffe gegen Vampire, und es war die einzige Möglichkeit, sie aufzuhalten.

Donja Luisa hielt inne, ihre Augen weiteten sich vor Schock, als sie das **glühende Amulett** sah. Es funkelte im Mondlicht, und obwohl es in Johannes' Hand war, schien es eine Kraft auszustrahlen, die die Dunkelheit um sie herum zu durchdringen begann. **Das Amulett**, das einst von einer Zauberin geschaffen wurde, war das Einzige, was einen Vampir töten konnte, ohne ihn zu berühren.

Donja Luisa wich zurück, ihre Hände hoben sich schützend vor ihr Gesicht, als das Amulett in Johannes' Händen zu leuchten begann. „**Woher hast du das?**" flüsterte sie, ihre Stimme war voller Entsetzen. **Das Amulett** war in den Händen der Drachenkönigin gewesen, und sie wusste, was es bedeutete, es zu sehen.

„**Es war ein Geschenk,**" sagte Johannes, seine Stimme fest, obwohl sein Herz raste. „**Ich wusste nicht, was es ist, aber jetzt... jetzt weiß ich es.**"

Donja Luisa sah ihn lange an, und für einen Moment kehrte das Grauen in ihren Augen zurück. Doch dann wich es einer seltsamen Traurigkeit. **Sie wusste**, dass dieses Amulett sie vernichten konnte, doch sie spürte keinen Hass auf Johannes. Stattdessen war da ein tiefes, uraltes Bedauern.

„**Ich habe Horst geliebt,**" flüsterte sie schließlich, ihre Stimme nun weich und gebrochen. „**Ich habe alles versucht, um für ihn anders zu sein. Doch ich kann nicht ändern, was ich bin.**"

Johannes senkte das Amulett, sein Atem noch immer schwer. **Er hatte sie nicht töten wollen**, und nun, als er die Trauer und die Menschlichkeit in ihren Augen sah, war er froh, dass er es nicht getan hatte. **Donja Luisa** war ein Opfer ihrer eigenen Natur, ebenso wie alle anderen.

„**Ich bin nicht hier, um dich zu vernichten, **" sagte Johannes leise. „**Ich will nur die Wahrheit erfahren. Über dich, über Horst... und vielleicht über mich.**"

Donja Luisa sah ihn lange an, und schließlich entspannte sie sich ein wenig. „**Die Wahrheit, **" murmelte sie, während sie in die Ferne starrte. „**Die Wahrheit ist, dass wir alle gefangen sind. Du, ich, Horst... und jetzt auch meine Tochter.**"

Sie trat einen Schritt zurück und schloss die Augen, als der kalte Wind durch den Friedhof wehte. „**Ich werde dir helfen, Johannes.** Aber sei gewarnt: **Die Wahrheit** ist nicht das, was du dir erhoffst. **"

Johannes spürte, wie eine seltsame Ruhe über ihn kam. Er hatte Antworten gefunden, doch der Weg, der vor ihm lag, war gefährlicher und düsterer, als er es je erwartet hatte.

Kapitel 35: Donja Luisas schmerzhafte Entscheidung

Donja Luisa, die einstige Geliebte von **Vlad

Donja**, stand allein auf dem windgepeitschten Friedhof. **Die Erinnerungen**, die sie verdrängt hatte, kehrten in dieser kalten, dunklen Nacht mit voller Wucht zurück. Ihr Blick war starr auf das Grab von **Horst Dieter** gerichtet, doch ihre Gedanken wanderten in die Vergangenheit, zu den Entscheidungen, die sie getroffen hatte und die sie noch heute verfolgten.

Einst war sie eine der mächtigsten und gefürchtetsten Vampire ihrer Zeit, ein Wesen der Nacht ohne Schuld oder Reue. **Vlad Donja**, der sie in das Dunkel der Unsterblichkeit gezogen hatte, war für lange Zeit ihr Begleiter und Gefährte. Zusammen hatten sie in den Schatten regiert, doch tief in ihrem Inneren hatte sie immer eine Sehnsucht verspürt, die sie nicht zuordnen konnte.

Dann kam Horst Dieter. Er war anders als jeder Mann, den sie je getroffen hatte. **Ein Sterblicher**, voller Edelmut und Menschlichkeit, etwas, das sie in der kalten Welt der Vampire längst vergessen hatte. Seine Wärme, sein Herz und seine sanfte Art hatten sie verzaubert, und **zum ersten Mal seit Jahrhunderten** hatte sie wieder so etwas wie Liebe empfunden.

Als sie sich entschied, **Vlad Donja zu verlassen**, wusste sie, dass sie damit eine unerschütterliche Grenze überschritt. Doch sie war bereit, alles für **Horst Dieter** aufzugeben. **Ihr Kind**, das sie mit Vlad hatte, ließ sie schweren Herzens zurück. Sie konnte es nicht anders tun – in der vampirischen Welt, die sie verlassen wollte, wäre es unmöglich gewesen, ihre Tochter mitzunehmen.

Als sie Horst die Wahrheit gestand, über Vlad, über ihr Dasein als Vampirin und über ihre Tochter, hatte sie gehofft, dass sie gemeinsam einen Weg finden könnten. Horst war entsetzt, aber seine Liebe zu ihr war stark genug, um sich mit dem Unvorstellbaren auseinanderzusetzen. Doch als sie **ihr Kind, Donja, nachholen wollte**, stieß sie auf Widerstand.

Vlad Donja war dagegen. Mit seinem manipulativen Charme und seiner unvergleichlichen Macht über sie schaffte er es, ihr diese Idee auszureden. Er versprach, sich um ihre Tochter zu kümmern, und erklärte, dass sie eine großartige Zukunft vor sich habe. **„Sie wird eine mächtige Vampirin,"** hatte er gesagt, **„mit einer großen Karriere und einer unausweichlichen Bestimmung."** Er überzeugte Donja Luisa, dass ihre Anwesenheit nur die Entwicklung ihrer Tochter behindern würde.

Donja Luisa war zerrissen. **Als Vampirin**, die sie selbst war, kannte sie keine Schuldgefühle. Sie war ein Wesen, das von Instinkten, Macht und Blutlust getrieben wurde, und in dieser Welt der Dunkelheit gab es keinen Raum für Reue. Doch als Mutter war sie anders. **Eine Mutter fühlt den Schmerz und die Freude ihrer Kinder**, egal wie stark oder mächtig sie selbst ist.

Heimlich, in den folgenden Jahren, beobachtete Donja Luisa ihre Tochter aus der Ferne. **Als Fledermaus getarnt**, kehrte sie immer wieder zu dem Schloss zurück, wo Vlad und ihre Tochter lebten. Sie beobachtete, wie **Donja zu einer schönen, mächtigen Vampirin heranwuchs**, eine würdige Nachfolgerin in der Welt der

Unsterblichkeit.

Jedes Mal, wenn sie ihre Tochter sah, fühlte sie einen **schmerzhaften Stich in ihrem unsterblichen Herzen**. Sie hatte sie zurückgelassen, in dem Glauben, dass es das Beste für Donja sei, doch tief in ihrem Inneren wusste sie, dass sie ihr Kind im Stich gelassen hatte. **Die vampirische Seite in ihr** flüsterte, dass es richtig war, dass Donja ihre eigene Karriere als mächtige Vampirin verfolgen sollte. Doch die **mütterliche Seite** sehnte sich danach, ihre Tochter in die Arme zu schließen, sie zu beschützen und bei ihr zu sein.

Jedes Mal, wenn sie **Donja und Vlad zusammen** sah, wusste sie, dass ihre Tochter die Unterstützung ihres Vaters genoss. Doch **Vlad Donja**, so manipulativ und grausam er sein konnte, hatte sie zu einer gefürchteten Vampirin gemacht. Donja war nicht mehr das kleine Mädchen, das sie gekannt hatte – sie war jetzt eine Frau, eine mächtige Vampirin, die ihre eigene Welt beherrschte.

Donja Luisa spürte beides gleichzeitig: **Stolz**
und **Schmerz**. Sie war stolz auf die Stärke, die
ihre Tochter entwickelt hatte, doch sie fühlte den
tiefen Verlust, sie nicht aufwachsen sehen zu haben.
Ihre Liebe zu Horst Dieter hatte sie in diese
Situation gebracht, und obwohl sie niemals ihre
Entscheidung bereuen würde, fühlte sie dennoch die
Konsequenzen.

Als Mutter konnte sie diesen Schmerz nicht
einfach ignorieren. Sie liebte ihre Tochter auf eine
Weise, die sie als Vampirin nie erwartet hatte – mit
einer Intensität, die nicht in Blut oder Macht
gemessen werden konnte.

Jetzt, am Abend vor der Hochzeit ihrer Tochter,
stand **Donja Luisa** auf dem Friedhof, ihre Gestalt
in der Dunkelheit verborgen, und sprach leise zu
Horst Dieters Grab. Ihre Gedanken wirbelten,
und sie fragte sich, ob sie jemals hätte anders
handeln können. Doch sie wusste, dass der Lauf der
Dinge nicht mehr zu ändern war.

Donja würde morgen eine wichtige Entscheidung treffen müssen. Ob sie dem Pfad folgte, den Vlad für sie bestimmt hatte, oder ob sie selbst eine Wahl traf – das würde ihr Schicksal bestimmen.

Und in dieser stillen Zwiesprache, während der kalte Wind durch die alten Gräber pfiff, wusste **Donja Luisa**, dass sie nur zusehen konnte. **Ihre Zeit war vorbei** – doch ihre Tochter, ihre einzige Verbindung zu dieser Welt, stand nun vor ihrem eigenen Wendepunkt.

Die Nacht wurde dunkler, und Donja Luisa verschwand in den Schatten, zurück in die Finsternis, die ihre ewige Heimat war. **Ihre Liebe** zu Horst und ihrer Tochter lebte jedoch weiter, unauslöschlich, selbst in der Unsterblichkeit.

Kapitel 36: Der Entschluss zur Vernichtung

Johannes lag schlaflos in seinem Bett in der düsteren Stille der Nacht. **Seit Wochen** waren seine Träume immer wieder von düsteren Bildern und seltsamen Vorahnungen erfüllt, doch in dieser Nacht war der Traum anders. Es war, als würde sein Unterbewusstsein ihm die letzten Teile eines Puzzles offenbaren, das er nicht vollständig verstanden hatte.

Er träumte von einer Hochzeit. Dieses Mal war es seine eigene. **Er stand am Altar**, in einer hell erleuchteten Kirche, die von tausenden Kerzen erstrahlte. Das Licht blendete ihn, doch es war warm und schien eine trügerische Sicherheit zu bieten. **Johannes trug einen schwarzen Anzug**, wie es für einen Bräutigam üblich war. Sein Herz pochte laut in seiner Brust, als er wartete, dass seine Braut zu ihm geführt wurde.

Da öffneten sich die großen Holztüren der Kirche, und **Donja**, seine Braut, schritt langsam auf ihn zu. **An der Hand ihres Vaters**, Vlad Donja, der sie in ihren weißen Schleier gehüllt zum Altar brachte. Johannes' Atem stockte. **Vlad**, der Mann, der sie führte, wirkte in dieser erleuchteten Kirche fehl am Platz. **Seine tiefschwarzen Augen und die blassen Gesichtszüge** waren kalt und bedrohlich, doch Johannes konnte seinen Blick nicht von ihm abwenden.

Plötzlich bemerkte er etwas, das ihn schaudern ließ: **Die Vampirzähne** des Vlad blitzten im Kerzenlicht auf, und Johannes' Herz setzte für einen Moment aus. Es war, als hätte sich die ganze Atmosphäre verändert. Der Raum, der eben noch hell und einladend gewesen war, schien nun von einer unsichtbaren Bedrohung durchzogen zu sein.

Donja trat an seine Seite. Als er den Schleier ihrer Braut hob, sah er **ihr wunderschönes Gesicht** – genau wie er sie in seinen verschwommenen Erinnerungen in der Klinik gesehen hatte. Sie war die Frau, die er verloren geglaubt hatte, die er tief in sich gekannt hatte. **Doch dann entdeckte er es**: Als sie ihre Lippen leicht öffnete, um zu lächeln, sah er die **Vampirzähne**, die hinter ihren zarten Lippen hervorlugten.

Entsetzen ergriff Johannes. **Die Frau, die er liebte, war ein Monster.** Sie war eine von ihnen –

wie Vlad. Es war, als würde die Erkenntnis ihn mit voller Wucht treffen: **Die Erinnerungen** an ihre Begegnungen, an die schattenhaften Gespräche über Vampire und das Unaussprechliche, waren nun vollständig zurück.

Er stand am Altar, wie versteinert. **Donja** und **Vlad** waren beide Vampire, unsterbliche Kreaturen, die von den Schatten der Nacht lebten und die Menschen, die ihnen zu nahe kamen, in ihr Verderben zogen. **Johannes' Verstand** arbeitete fieberhaft, während ihm klar wurde, dass er in einer grausamen Realität gefangen war, die sich als Traum darstellte.

Dann, wie aus dem Nichts, **spürte er das Gewicht des Amuletts** in seiner Hand – **das Amulett der Drachenkönigin**, das er einst zurückgeholt hatte. Er wusste nun, was es bedeutete. **Dieses Amulett** war die einzige Waffe, die gegen Vlad, Donja und all die anderen Vampire eingesetzt werden konnte. Mit diesem Amulett konnte er sie vernichten – und damit all das Böse, das sie repräsentierten, auslöschen.

Johannes' Entschluss formte sich mit unerschütterlicher Klarheit. Diese Monster konnten nicht weiter unter den Menschen leben. Sie hatten bereits genug Leid verursacht, und es würde immer wieder unschuldige Opfer geben, solange sie existierten. **Er musste sie aufhalten.** Und er wusste, dass das Amulett der Schlüssel war, um dem ein Ende zu setzen.

Der Traum löste sich auf, und Johannes erwachte plötzlich in seinem Bett, sein Atem ging schnell, und sein Körper war angespannt, als hätte er gerade gekämpft. **Die Erinnerungen** waren nun vollständig zurück. Alles, was er durchlebt hatte – die Begegnungen mit Donja, die schreckliche Wahrheit über ihre Natur und die Bedrohung, die von Vlad und ihr ausging – war ihm nun klar.

Er setzte sich auf und spürte, wie **Entschlossenheit** in ihm aufstieg. **Er musste zurück nach Rumänien**. Dort würde er das Amulett einsetzen und alles beenden. **Vlad, Donja und alle anderen Vampire mussten vernichtet werden**, damit er und die Menschheit endlich ihren Frieden finden konnten.

Am nächsten Morgen, ohne zu zögern, **entließ Johannes sich selbst aus der Klinik**. Er wusste, dass er keine Zeit zu verlieren hatte. Die Ärzte versuchten, ihn aufzuhalten, doch er ignorierte sie. Mit dem Amulett in der Tasche machte er sich auf den Weg. **Sein Ziel war klar: Rumänien** – das Schloss von Vlad Donja, wo die Hochzeit stattfinden sollte.

Während er die Stadt verließ, war ihm klar, dass dies eine Reise ohne Rückkehr sein könnte. **Er würde gegen uralte Mächte kämpfen**, die stärker und grausamer waren, als er sich jemals vorgestellt hatte. Doch er wusste, dass er es tun musste. **Die Welt konnte nicht weiter von diesen Kreaturen der Nacht beherrscht werden.**

Das Amulett, das er fest in seiner Tasche umklammerte, war seine einzige Hoffnung. Er fühlte die Macht, die von dem alten Relikt ausging, und es gab ihm die Kraft, weiterzugehen. Der Weg nach

Rumänien war lang und gefährlich, doch Johannes war bereit, alles zu riskieren. **Die Zeit der Vampire war gekommen**, und er würde derjenige sein, der ihnen ein für alle Mal ein Ende setzte.